船過無痕

一本新世紀的現代散文

夏菁——著

自序

人的一生，像一隻小船。有時舟輕風順，有時浪高水逆；有時行在綠楊夾岸之間，有時陷入淒風苦雨之中。當時在水面，或造成漪漣，或興起水花，或激盪漩渦，過不久當你驀然回首時，水面已回合如昔，船過而無痕。

在這時間的長流中，我們只是過客。但夙興夜寐，兢兢業業，為的是什麼？人各有志，當然追求也互異。半世紀前，胡適之先生曾在一次演講中說：是為了個人的紀錄。他以美國人為例，拼命賺錢、繳稅，或捐獻慈善和公益。無他，為了紀錄。我想，運動員終生苦練，也是為了個人紀錄。也有人說：人生是一部書，書不就是紀錄嗎？吾國讀書人的傳統，著書立說，也是為此。

我近來漸漸覺得，船將划到盡頭；但能留下些什麼樣的紀錄呢？一生不懂理財，僅圖平平過日，哪有萬貫可以遺世或捐贈？因此，只能將平日點點滴滴的作品，彙編成冊，作為一種「個人的文化遺產」，留供社會。我這幾年來的孜孜整理，連年出書，全是為此。

這本散文《船過無痕》，是我從一九六八年出版《落磯山下》以來的第五本，也可能是最後一本散文。收集自二〇〇四年年底以來、近七年的作品，共計七十八篇，均已在報上發表過。我寫作不算太勤，邇來非但眼力日衰，要趕上時代用電腦寫作，也非易事；平均每月只寫一篇而已。寫時全憑興之所至，隨感而發，事前並無計劃。現在將之整理歸類，分為五輯。第一輯是抒寫年來生活上的挑戰、情趣、回憶和感想。第二輯，多為談文、說藝、話詩及懷友之作。第三輯是過去七年中旅行大陸及台灣的紀遊。我將大眾關心的、環保方面的文章，納入第四輯；其中的文章，大多和我的所學有關及出自實地經驗。最後一輯篇幅最多，都是時評。處在今日這種紛擾不安的世界，誰能無動於衷？例如台灣有一段時期，挑弄群族之間的感情，破壞和諧，使我這個不涉政治的人，也要不平則鳴！當然，我常用暗諷、幽默、或假借的口吻來表達。此外，我對現實世界以及平日生活上的種種問題，也時有所評。

我自忖不善抒寫唯美的文章。水仙自戀之文、我不會寫。花鳥自怡之景，也都用來寫詩。這也許是作為詩人的唯一好處——可以左右逢源、真幻成章。我認為，現代的散文不能盡是抒情自感之作，要具有宏觀意識，世界眼光，並要言之有物。至少每篇能賦予若干新意，開一扇窗戶，或供讀者一些東西去咀嚼、回味。我也認為在此快速和繁忙的時代，短訊充斥、微博（Twitter）盛行；散文要寫得文簡意足，不可雜沓冗長，吊足書袋。在這一點上，我素奉梁實秋先生的主張為圭臬。

最後，我要感謝秀威資訊科技公司繼續支持我的出書計劃，這一本散文已是去年出版我作品以來的第四本。他們這種新思維、有遠見、適合一般作者出版的經營方針，是這個出版困厄時代的錚錚者！

二〇一一年十月十六日於可臨視堡

夏菁

目次

第三輯　旅遊　帶著熱愛鄉土之情去旅遊

第四輯　環保　環保要深思熟慮各種因素

第一輯　生活

現代生活的情趣和挑戰

落葉他鄉樹

後院的銀楊樹（Silver Poplar）已經落葉了。先是一片、兩片；寒風吹過時，卻一陣陣地灑落，閃閃爍爍，煞是好看。不到幾週，葉子將落盡，光禿禿底樹幹，在冬日陽光照耀下，看起來也頗性感。這兩棵樹，還在青壯之年。樹幹碩大，枝葉繁盛，夏天陰陰如華蓋，使我們深具庇蔭之感。那時，松鼠鳥雀，川流不息。等到秋風起兮黃葉飛，這些小小的生命，漸漸銷聲匿跡，直到明春再現。這樣地循環，這樣地一枯一榮，倒也使我們警覺時光的轉移，四季的變化。不像我們從前住過的亞熱帶，終年如一日。

我們從前住過的地方——有的根本沒有院子；有的有院而無樹；有的有樹而不落葉；有的落葉而不需要我們去管。到了這裡，對落葉卻特別敏感，除了意識到一年容易又秋風以外，還要想到如何去清理一番。

幾年前，年紀還輕，我倆一起打掃落葉，當它是一種運動。漸漸力有未逮，就買了一台吹葉機，可以把樹葉吹攏在一起，然後丟棄。看是容易，做起來也會腰酸背痛。僱人來做，又覺得不合算。兒子媳婦要辦公和帶小孩，也是忙不過來。我們一向是入境問俗、保持獨立，有時也感到左右為難。後來看到報載，說是一棵樹如無病蟲害，落下的葉子可以留作草地的敷蓋（mulching），使我們如釋重負。滿庭落葉，經過了冬天積雪的重壓，大部將成為春泥，剩下的葉子，稍加清理即可。

「落葉他鄉樹」，有時也使我們興起落葉歸根之感。年輕時背井離鄉，東搬西遷，越洋多次，也不以為意。年歲大了，常常想到要在何處終老？報上說，一位有名的女作家和一位美術大師，離開台灣已經數十年，現在回台終老，使我們勾起了鄉愁。可是，我的原籍已無一個親人；她的家鄉雖有親戚，但醫藥衛生，有待改善，出門也有不便之處；台灣本應是理想之地，是我們早歲避秦和發韌之處，可說是第二個故鄉。但現時在群族和諧上，發出危險的信號，加上一個「中國結」尚未解開，將來是干戈還是玉帛？無人能夠預測。這都使我們舉棋不定，感到一動不如一靜。但留在這裡，也有僱不起幫傭，和養老院昂貴等問題。據說，上了年紀的人，都有這種何去何從、難以選擇的無奈。

我們曾是聯合國公民，也曾四海為家，一向又很曠達，現在也只能勇對現實，一步步地解決問題。在這個世界上，有誰能預知未來？君子雖不應忘本，但也不能終日發愁懷鄉。作一個現代人，不能目光僅止於家鄉。現在，地球已變成一個村莊，資訊又如此發達，將來能否終老家鄉，已不若從前那麼重要了！至少，這是我們現在的想法。

因此，落葉還是他鄉的樹，掃葉還是背井的人。

二〇〇四年十一月十五日

斷電之後

電視看到一半，忽然中斷。這突如其來的一片漆黑，如此龐大，如此原始，也如此掃興。太太建議要點上蠟燭，我說不必，讓我們回到太初，靜享一個沒有雜音、沒有螢光、沒有騷擾的沉寂世界。

鄰居冒然來電話說：這片漆黑，恐怕要持續很久，既然無事可作，不如早些上床。唉！年輕人真會利用機會；在那種年歲，誰都一樣！據說，去秋紐約斷電，今春出生率有顯著地增加。到我們這種年紀，激情已釀成溫情，減速降熱，「徒有羨魚情」而已。事實上要我們早睡，還睡不著呢！不如在這裡坐坐，借著星光。

室外的星光好像比平時亮得多。說真的，平時那兒會去留意天空？現在才覺得，在這個小小的世界以外，還有一個偌大的天空，還有這麼多星星。有人說，在黑暗中航行的人，才感到北斗星的明亮。我現在看著這些星，卻想起兒時夏晚乘涼的光景；不但天上有星，空中還有流螢呢！

那是一個截然不同的世界。沒有電燈，也從來不知道什麼是斷電。晚上點的是煤油燈，或是洋油手照。那時也沒有電扇，沒有無線電，沒有冰箱，更沒有電視。真是難以想像，但日子好像也過得很安逸！那是一種簡單的生活。不像現在，每天好像總有些東西要維修：電視機，電唱機，錄放映機，洗衣機，洗碗機，割草機，吹髮機，吹雪機，吸塵機，吸葉機，豆漿機，自製麵包機，自動噴水系統等等，輪番向你討命。一年四季，好像你要先為它們服務，它們才能為你報效。現在斷電以後，它們才無聲無息，呈現一片和平。

沒有了這麼多的噪音，我倆也如釋重負，感到片刻的歡欣。對這片黑暗，不但無懼，反而讚美起來。我們在沙發上緊挨在一起，不知不覺地唱起歌來。先是兒歌，情歌，民歌；繼為閩南小調，客家民謠，和阿眉舞曲。都只能唱兩句三句，難竟全曲。我們幾十年來都沒有唱過歌，現有黑幕遮醜，勇氣十足。也好像要用歌聲來填補這個片刻的停頓。

生活上有片刻的停頓，也沒有什麼不好——這是終日碌碌的一個喘息；過度文明的一種退隱；皇皇樂章的一種變調；冗長文句中的一個逗點。反回自然，反回童年，反璞歸真，這真是難得的片刻！現在美國有一種運動，方興未艾，稱為「De-cluttering」。clutter原為雜亂無章之意。書報雜誌滿檯滿室，無法卒讀，還在源源而來；衣帽鞋子滿櫥滿櫃，穿不勝穿，還在添置；工具機器充斥車庫，擱置不用，還在函購。這種現代人的流行病，應該要改一改。近來，這種反雜亂的主張，已引伸和擴張到一切要簡化，生活要簡樸為目標。他們認為，物質生活愈豐富，精神生活會愈貧弱。宗教界也頗為支持。大家簡簡單單地過活，不是很好嗎？

但是，由繁到簡，談何容易？等到電力恢復，聲光並發，我們大多又落入層出不窮的廣告圈套，到了佳節或拍賣時，又去搶購。除非發誓不看電視，不上網——或永遠斷電。

二〇〇四年十月十八日

聖誕樹的經歷

聖誕節到了！外面白雪皚皚，園中的幾棵松樹，枝條被壓得低低的，好像在接受這一年一度的裝飾；屋內則有一株晶瑩玲瓏、燦爛繽紛的聖誕樹。這是節日的標誌，歡樂的象徵。但這也使我想起一段有關聖誕樹的經歷。

五十多年前，我在台北近郊的一個林場工作。聖誕節前，忽然接到一個命令，要在三天以內供應七百株聖誕樹給台北的洋機關。那時，聖誕樹還不太流行，也很少有這方面的苗圃。我們的林場有很多杉木造林地，因此被人看中。我奉命後即乘了運木材的台車（手推車）前往，到那時默默無名、現今觀光鼎盛的「內洞」，攀登一千公尺的陡峻高山，花了兩個小時才到一個工寮，在那裡住了一宿。第二天一早，即去林地一株株挑選，要揀樹梢茂盛、形如寶塔、左右對稱、枝幹通直、而且無病虫害者為佳，條件不亞於選美。在那鬱閉的林中，很難看得清五、六十呎高的樹梢，真是費煞眼力。將樹一一標記後，工人開始砍伐，但在樹木倒下時，還要用人力扶住，輕輕倒下，否則枝條壓斷，全功盡棄。最後，將扶下的樹木，按尺碼一株株斬首，才變成聖誕樹。這種砍伐作業是教科書上所沒有的，也是我的第一次經歷。砍完後，又一株株收集、綁捆，用索道運到平地，再由台車和卡車轉運台北。我因天雨坡滑，也乘索道而下，哪知突然出了問題，吊在空中有半小時之久。舉目茫茫，下有深淵，差一點為樹殉身。脫險後，我對自己說：永遠不要聖誕樹了！

這是一九五一年的事。幾年後，風水倒轉，我進入一個著名的洋機關，每年到了聖誕節，林務機構也送樹來。雖然這幕「空中吊人」，使我心有餘悸，為了不使小孩們失望，也就欣然接受。那時，聖誕洋節在台灣一般還不很普遍，家中設有聖誕樹的，更是鳳毛麟角，我家有了一棵，閃閃爍爍，附近很多小孩，都來窺探。

記得在一九六〇的聖誕節，我寫了一篇〈聖誕樹〉在香港的《中外畫報》雜誌上發表，除詩以外，那是我寫作生涯的第一篇散文。簡略描述上面的情形外，文中還提到當時的感想：在園子狹小，水泥地代替了草皮，終年開門見牆的衖堂住宅中，一棵杉木或黑松的聖誕樹，帶來一室蒼翠、滿屋清香，有什麼不好？我對聖誕樹也恢復了好感。

二十年前來到落磯山下的這個小鎮，院子前後遍生樹木，不論四季，均可觀賞。起初還年年購買聖誕樹，漸漸感到，每年到此時去搬一棵「七尺之軀」回家，費力費錢，不久又要妥為丟棄，真是暴殄天物。在環保意識高漲下，我們也買了一株塑膠樹代替。據報載，在一九九〇年時，全美用這類假樹（fake tree）的佔百分之五十，到了二〇〇三年，已增加到百分之七十。假樹可以亂真，甚至勝過真樹，加上燈飾，一樣美麗，只是缺乏清香而已。有人建議，可以去買一瓶具有松樹味的噴霧（pine spray）來彌補。我說：不必了！只要我開出門去，就可清香撲鼻！

二〇〇四年十二月二十四日

書生做家事

我的「愛花如命」的太太又在花圃中拔草，她已經連續做了五個上午了。對年輕人來說，算不了什麼，但她已足足八十歲；而且，這幾天的氣溫都在華氏九十五度上下。為了預防蚊子的西尼羅河病，她還穿了厚厚的襯衫、配帽、戴手套，全副武裝，像在叢林中作戰。

我因腿部有宿疾，邦不了這種忙。我們雖僱有軋草的人，每週一次，用的都是機械；這種細膩的清理工作，只能留給我們來做，不！我的太太來做。二十年前在上海的一個賓館，我看到一群年長的婦女，彎腰在草坪上拔除野草，心中覺得不忍；現在看到自己的親人如此，內心的無奈，可以想見。

這就是在美國！除非是巨富，一般中產階級、哪能僱得起幫傭？大家都自己動手，不管多大年紀——只要還能行動。我們剛來時，在電視上看到一位新下任的副總統，從車房中自己拉出垃圾桶的畫面，就知道美國一般的居家情形。

幼時遇到日本侵華、隨母避難江南。家中兄弟甚多、食指浩繁；父親又在千里之遙的大後方，接濟困難。所以大家都要分擔家事。我排行老三，大姊、大哥、母親鍾愛、下面諸弟、年紀幼小。因此，我擔當了很多家事：洗碗、去「老虎灶」泡水、掃地、清早還要將好幾個馬桶、端到屋外待倒。我有時要念書或準備功課、覺得家事煩瑣，幻想將來賺錢、成家以後，這種瑣事就不必自己動手。現在回想起來，這種想法，實在幼稚可笑。

當然，我這位太太除種花、拔草以外，還操勞各種家事。如燒飯、洗衣、清潔、看護等等日常工作。從前眼力好時，她還能縫製衣服、為我理髮、繡花作枕等等，可以說任勞任怨，無所不能。現在有了各種新式設備以後，她已經覺得輕鬆得多了。那末，剩下來我這個無用的書生還要做些什麼？

我做的家事，大多是配合工作，計有：司機連採辦、書記兼通訊、會計跟出納、娛樂與導遊、以及家用器械的維修和打雜。勞心勞力，兩個人把家事給分擔了。

我在四十多歲到國外以後，才學開車。迄今，雖積有四十年之經驗，自忖技術平平。尤其是現在，只會在鎮內駕駛、不敢上高速公路，更不開遠程。自己不會修車、也不曾換過車胎。太太喜歡「血拼」，隨傳隨到即盡了我的責任。做採辦時、大多是做她的跟班；推推購物車、付付帳而已！其實，要做好採辦、也不容易。要仔細研究廣告、要貨比三家。買一次菜、至少要跑三數家超市才行。否則吃了虧會悶悶不樂，這是久住在美國的通病。幸虧我太太是屬於「拉進籃裡就是菜」的那類主婦，她從不斤斤計較，我也賴得看廣告，這樣可以相安無事，皆大歡喜。但有時，她忽會突擊檢查一次。如最近買了一把青蔥（八根），美金七角九分（台幣二十六元），太太說：好像別處是一塊錢兩把吧？後來我們趕到別處一查，竟是美金八角八分。她就很感慨地說：從前在台北買菜、蔥常常是攤販送的。我只好回說：時代和地點都不同了！她一聲不發，將蔥頭切下、種到院子裡去了！

做書記和通訊員則不難。現在用電子信件、中文英文打字，都很方便。而且，太太喜歡用電話聊天，省卻不少寫信工夫。我又愛文字簡潔，只要達意即可。擔任帳房卻要身兼會計和出納。核對銀行報表、開支票、查投資、問利息、上網看訊息等等，都是非我所長，既耗精力又費時間。我對太太說：妳學的是會計，自己不搞，卻要一個咬文嚼字的人來做，能稱心嗎？她很幽默地答稱：讓你總攬經濟大權，不好嗎？我只能唯唯。

多少年來，我們規定在晚上不做工作，只看看電視。自從有了DVD以後，我們就看中文連續集，樂此不疲。選片的責任，卻落在我的身上。片子內容要適當：硬件（武打）太多不忍看；軟體（對話）太多易打瞌。而且演員無名也不想看。難哉！我只看片名、不悉內容，常常買錯片子，不很稱職。我們每隔一、二年，常要出外旅遊一番。節目要安排得安適、有趣、經濟，不是一件容易的事，而且要辦理證照、買機票、購備禮物等等，未出門，已感到疲憊、真是一件苦差使。可是，旅遊和女人生孩子一般、生時叫苦、過後不久、又躍躍欲試了。

家用器械和設備的維修、確不是件容易的事。這類器械每家在廚房內、洗衣間、書室中、車房裡、院子邊、大大小小不啻二、三十種。對做家事而言，是一種便利；壞了卻是一大累贅，而且常是東修西壞，沒完沒了。我對此並不內行，小的還可，大的只好入境問俗，丟棄後重新去買就是了。至於雜務，我辦得最最得意的，要算是每天早上的燒開水和泡一壺茶。對其他烹飪之道，我則一竅不通！

從前我們是梁實秋先生的鄰居。我走過他的大紅門時，常在想：梁先生是否正在伏案著書？因我不能想像他也須要做家事。梁師母很能幹、還有一個年輕的女傭。我每次造訪，都覺得他家明窗淨几、一塵不染。梁師母除燒得一手好菜以外、也很喜愛花木。我曾送給他們一枝垂柳、梁先生稱之為「夏公柳」者，養得枝葉繁茂。梁先生有一次對我說：他清早起來寫作，要到午後才息，可以連續工作七、八小時，不受任何干擾。有一個時期，他因患痔，只能站著寫作，用了一張像牧師用的講台。梁先生六十五歲退休後不久，完成了莎士比亞全集的翻譯（後來又寫了《英國文學史》和《英國文學選》兩部千頁巨著）。那時，我在台灣上山下海，工作很忙。有時晚間還在客舍中寫作。覺得梁先生專注的寫作生活，使人生羨。當時夢想：有朝退休以後，也可以不管家事、專事詩文。

自從二十年前來美以後，覺得全不是這回事。現代人的生活就是這樣啊！英國詩人華茨華斯早就說過：這世界煩擾我們太多了……使我們的精力全部糟蹋掉（The world is too much with us…… we lay waste our powers）。除非我們能簡化生活、去廟裡、去修道院、或去養老院，才得清靜。但是，太過無事，會不會影響寫作的材料和創作力？我也不知道，別人在寫作和家事之間，取得怎樣的平衡呢？

二〇〇七年九月十八日

我的第四隻手

在一篇散文〈左手．右手和魔指〉中，我曾說過：我用右手寫詩、左手寫散文、另一隻魔指（食指）用來打鍵盤、寫科技文章，用來謀生。這魔指應該算是第三隻手。至於我幫做家事的第四隻手，所謂「幫手」，則不太靈巧。例如駕車，只限於市區及熟路，現在上不了高速；到超市買菜，只會推推車子；去廚房也只會泡茶；其他如清潔、洗碗、洗衣等等，只是偶然為之，平常很少插手。

最近，卻連續為幾件生活上的小事所逼，不得不用我的第四隻手來處理。第一件是電視機忽然壞了，這可了得！美式足球季節即將開始，豈能錯過？趕緊去買一台新的，連個一架子，原以為可以坐享其成。但電視機先送到時，是一具龐然大物，運交的人將它放在地上、接好線後就走。等到架子送來，也是碩大一匣，要自行裝配。因為兒子出國，無人可差，我只能爬在地上慢慢裝配，由太座暫當副手。想想我們如在上一代的中國，這把已經超過「古來稀」十年的高齡、還會幹這種事嗎？而且我的手和腳都受過傷，真是不可思議。最後，將此百磅左右的電視機抬上架子，也是不勝負荷，險象環生。

第二樁更叫人啼笑皆非。廚房洗碗槽的水龍頭，忽然漏水不迭。我們想得簡單，只要電話一通，請水電公司來修即是。哪知來了一個年輕人，檢查不到兩分鐘，就拿出一本三吋厚的公司手冊，說修一修要美金二百八十三元，外加服務費四十九元。我問他為什麼如此昂貴？他答道：這種龍頭很難修，不是換換橡皮圈即可。我又問他：既然要修，為什麼要加服務費？他支吾不能回答。我又問：那末，換一個新龍頭呢？他又翻了翻這本厚書說，要四百一十三美元，另加服務費及稅金。

我聽了大吃一驚，這個數字，比我全年所寫的、十多篇散文的稿費還多！差不多是美國西岸到台灣廉價來回機票的價錢。心中只怪自己、一個無用書生。平時不務正業，只會寫詩作文、不諳家事。我太太比較想得透徹，她對我輕輕說：這個年輕人看我倆滿頭白髮、又是東方人，因此要敲我們一筆，還是回了他吧！我們沒有支付他索取的服務費，好不容易辭退了他以後，即到附近的家庭建材行（Home Depot）去查一查。立刻發現同樣品牌的一隻龍頭只售五十九元，裝置工錢一百一十元；便宜得多了。店員又介紹我們龍頭的軸心，只要十八元。

問題是自己會不會修？我們的洋媳婦，聽說我們想自己動手，即告訴我們說：她從前在天才老爹的電視集（The Cosby Show）中看到，自己動手修水龍頭不成，弄得水漫金山，沖得天花板都開裂等等窘狀；意下要我們多加考慮。我有些不服氣，自認不是天才，但也可按圖索驥。立即將水切斷後，一邊看書、一邊解析、一邊修理；弄了三個小時，據然換好如新，做到滴水不漏的境地。我對太太說：國父孫中山先生「知難行易」的學說，是從修理水龍頭得到的靈感，不是嗎？

最後一樁是電灶壞了！四隻分灶中間的一隻，不來電，也不能用。對我們中國人來講，民以食為天，整天燒燒煮煮，離不開爐灶。豈能讓它淪為冷灶？因為有了上次的壞經驗，這次不敢請水電行來修。但電和水不同，水修不好，最多漫淹；電可立即致死。但又不能久待，後來決定用我第四隻手，再接再勵，冒一次險。我們又去Home Depot，找了一個零件，回家關好電路總鈕，小心翼翼，修了半小時，竟然也大功告成。

在美國確實「居家不易」，不但要會動口，還要會動手。要想日子過得安逸，必須允文允武，隨你多大年紀，也是一樣。這一次，在無人可依的情況下，逼上梁山，只能施展我的第四隻手——裝傢俱、修龍頭、按電灶；渡過日常生活中的幾重難關。

二〇〇五年十月五日

四十天的折磨

——一場疱疹的經驗

雖已八十有餘，我的身體還算硬朗。作息有序、飲食簡單、也不服藥。早晚做做體操及打打太極。在美二十多年，很少患病。

忽然，在今年十月初感到胸口悶氣、助骨不適。二、三天後未見改善。聽了家人的勸導，就去求醫。經檢視後發現，左邊胸腰之間有一紅斑，左背上也有一丁點。醫生就說：你患的是帶狀疱疹（Shingles）。我還在將信將疑時，他進一步解釋道：這是你小時侯發水痘（Chickenpox）遺留的毒素（virus），藏在體內；現在免疫能力降低，就發出來了！他又說：疱疹只生在身體的一邊，你的在左邊，就不會生到右邊，這和神經系統有關。我聽說是疱疹，嚇了一跳。小時候常聽說，老年人患了這種「纏腰火丹」，只要纏了一圈，性命難保。經醫生說只生在一邊，也就放心不少。只是心中在想，我身上只有兩個很小的斑點，不痛也不癢，他的判斷有這樣地神嗎？

是的，不久紅點就擴大起來。如果延誤求醫，就不堪設想。幸好服了他配的藥Valtrex，一週以後，就全部退掉，未經潰爛或劇痛。可是，左邊大腿的神經，卻刺痛難熬，夜間不能入眠。我向醫生要來了止痛藥。由於藥性太強，使我整日昏睡、茶飯不思。比疱疹本身，還要嚇人。數天以後，腿痛好了以後，胸口持續漲痛，後又移到「後背痛」（low back pain）。我上網查資訊，才知八十以上的老年人中，有五成會生疱疹，本身並不可怕，無生命之虞，可以控制。但它的後遺症：神經痛，會移來移去，拖得很久。

第二個星期我只好再看醫生。他說，這種疱疹過後的神經痛，有一個專有名詞，叫做Post-herpetic Neuralgia或簡稱PHN。我問他：會持續多久呢？他答稱：因人而異，可能是兩個星期、兩個月、或是兩年。說時態度曖昧，我聽了很不是滋味。他配了一打外國膏藥給我敷貼，效用有限。後來，我自己也試用中國膏藥、撒隆巴斯、雲南白藥、熱敷、按摩等等，一時間似很有效，但不能根治。

後背神經痛，可不是件小事！這是從脊髓末端開始，伸展到兩旁腰部。坐、立、蹲、睡，只要改變姿勢，就會疼痛。上床、下床、穿襪、穿褲，都很困難；不要說開車了。生活起居，都受到障礙。尤其是大解，不能用力，腰間肌肉，會感劇痛；因此，造成便祕。我又夜間多尿，必須起來數次。這樣，在晚間為起床而擔心、致使睡眠不足；白天又為通便而苦惱。飲食還須特別小心。一天二十四小時，都被折磨，不得安寧。即使平時樂天如我者，也難忍受。我想，西洋人，常用battle或fight（搏鬥）來形容如何對付疾病，確有它的理由。

實在忍不住，我又去找醫生，問他有什麼治療、或復健的好方法？無意間，我提起打金針，心想美國醫生會不會贊同？哪知他滿口答允，並向我介紹一個同僚。在這個偏僻的山城，還有打金針的醫生？真是不能相信。我抱著試試的態度前往。這位醫師竟是美國人！年僅四十開外，是此間大學生化系畢業；嗣後去丹佛市的中醫學院專修Alternative Medicine（另類醫藥），學了金針，並去大陸哈爾濱深造。因我一生從未打過金針。他為我詳加詮釋。說到「氣」（Chi），因一般西洋人都不懂，他更是滔滔不絕。我即回說：中國人都懂得，我也深信無疑。他聽了後，臉上顯出了無比的高興。

真想不到，他開始在我背上、腰間、和腳趾上扎下了多針以後，當場就覺得有股熱流，通暢舒適。回家以後，背脊舒活得多。因此，也放棄了膏藥等其他的方法。下週我又去兩次以後，大有改進。第四次時，他還留兩個迷你針在我背上和腰間，兩週後取出。打金針前後只有四次，使我解脫了痛苦，恢復了正常。中醫在這方面的神效，不得不信。

二十多年前我在羅馬折腿，於醫院中開刀兩次，瞞起家人，住了四十天，並獨自乘輪椅搭機返家，也勇敢地熬過了。這次生疱疹又被折磨了整整四十天。人生在世，難免受病魔的折磨。即使年輕的基督，也在荒野受魔鬼的折磨及試探四十天；何況凡人？

我不知道，為什麼會生這種病？事先並無預兆。後來研究文獻，才曉得：如果經常神經緊張，即使中年人也會罹患此病。不錯！自今春台灣的大選開始，使人一直緊張——接著油價物價猛漲、金融海嘯、經濟蕭條、財富縮水等等，不一而足。在台灣的電視上所看到的，則是好人、好事被罵、被嗆；做壞事的人，反而振振有詞。社會給人印象是：黑白顛倒、是非不分，能勿令人義憤「填胸！」

只有盼望這世界早日度過難關，期待明日會好起來！一如我在病中的祈禱。

二〇〇八年十二月五日

除夕談往，心靈的對白

除夕傍晚，紅霞在天，積雪滿地。忽然有一個黃衣的不速之客，在我昏暗的書房裡出現。他開門見山地就說：你生於乙丑，明年是你的本命年，要格外當心。我正在唯唯時，他又問：你一生有什麼遺憾？

被他突然一問，我倒是一時答不上來。回想我這一生，少年時確吃了些苦，成年後卻是柳暗花明，一路走來，受上天特別眷顧。我回他說：沒有什麼遺憾，我此生已發揮到百分之一百二十！

他滿臉懷疑地追問：這話怎麼講？

我答稱：我幼時身體羸弱，現已活到八旬有四；我早年在台專心工作，並無出國的夢想，卻為聯合國聘用；我只有碩士，能在美國大學教研究所；我不是學文出身，也有十數本詩文集出版；我……

他沒有聽完，就說：能否說得具體一些？

我說：在十二歲到二十歲間，適逢日本侵華，避難各地。當時生活艱苦，清粥淡麵，有甚滋養？其間染上瘧疾，也無良藥，因此身體瘦小羸弱。記得我在二、三十歲時、體重還只有一百十六磅（五十二公斤）。所幸後來有太座照料，注意健康，起居有律，尚能東遷西播，到處工作。六、七十歲時曾意外地斷腿、折腕，和最近的疱疹，也都安然度過，平時也不服藥。若非上天眷顧，豈有今日？

那末，在職業方面有何遺憾？

我答稱：在這方面我更無遺憾。在台灣時，我在一個中美合作的農業機關工作。這是全台農業的最高單位，聲譽好、效率高、工作環境特優、待遇也好。在那裡，不但可以學以致用，而且可以一展所長。後來我應聘聯合國糧農組織（ＦＡＯ），在十七年中去了很多國家擔任專家或顧問，也都很受人尊敬。在羅馬總部的主管單位，曾兩度提名我為傑出服務得獎人，但因那時台灣已退出聯合國，受了政治影響，而未獲當選。但我在ＦＡＯ出版的幾本英文專刊，卻被譯成西班牙文及法文等等，在全球發展中國家普遍應用。後來，我在一九九一年獲得美國水土保持學會的最高獎：班乃德獎（Hugh Hammond Bennett Award），覺得更為榮幸。因該學會有一萬會員，遍佈全球，而且大部份是教授和專家。我是該會成立五十年來第一個亞洲人獲此殊榮。我在二〇〇五，又得了在台北的中華水土保持學會終身成就獎。

他接著又問：那你到美國的二十多年間是否都如意？

是的。我在此間的母校（Colorado State University）執教十年多。我雖然不是博士，但我用的是我自己的著作、及我在世界各國的實地經驗來教導博士、碩士研究生，也頗受歡迎。而且，同事中有我早年的同學，所以也不覺得有什麼自卑感。離職時，大學還給我榮譽教授的名義。在此執教時期及嗣後五年中，我賡續受聘於聯合國、世界銀行、美洲組織、美國援外總署等等擔任短期顧問。直到二十一世紀，我已七十五歲時才真正退休在家。

說的雖都是事實，但他還要追問我的遺憾之處：那你的家庭生活怎樣？

我說我的家庭，素來和諧美滿。妻子聰慧賢淑、謙和勤儉。她很樂觀、也明理爽直。是一位最佳的伴侶；我們也活得像一對無邪、快樂的孩童。對兩個兒子，我們素重身教而輕言教。早年在《純文學》上有一篇小品，說我管教兒子形同老莊。此言不假，在孩子成長時，管教難免有些棘手。我忙碌在外，她又是菩薩心腸。但後來他們都得了博士，成家立業，體貼孝順。所以也沒有遺憾可言。

忽然，他像記起了什麼，向我問道：你在文學方面，好像有些遺憾，不是嗎？

也不能完全說是，我說。我不是念文學出身。但在年輕時和幾位詩人發起了一個在台灣很有名的「藍星詩社」，主張崇尚抒情和自由寫作。這個詩社五十年來出版了四、五百本期刊、及個別的詩和散文集；不少同仁，已是當今文壇上的翹楚。我自己也陸續出版了九本詩集、四冊散文。到現在，我還持續在北美及台灣的中文報紙及雜誌撰寫詩文。手頭還存有詩、文稿若干，正尋求出版。我知道你所說的遺憾，是指我從未得過什麼獎。是的！一方面，因我離台已四十年，文壇及讀者對我難免生疏；另一方面，我也不願和年輕人去爭一時的名利。詩、文是千秋大業，任其自然，也不能算是遺憾！

他忽然笑道：不要說得太嚴重了！讓我來問一個輕鬆的問題：你有沒有寫過像《蓮的聯想》那一類的詩？我說：很久以前曾經寫過，現在則偶一為之。我又告訴他，我有一次問起余光中：

你寫的這束詩，是否確有其人其事？光中用英語回答我說：Mostly exaggerated.我很後悔，不該問他。我暗想：所有的文學作品，不都是這樣產生的嗎？詩人賦有出神入化的想像；又具捕風捉影的能力。只要是「發乎情，止乎禮」寫這類詩，有何不可！詩人一生如果在這方面繳白卷，反而是一大缺失。雪萊曾經說過「詩人的日糧是愛和名聲」（Poet's food is love and fame），對嗎？

他聽了，好像很滿意。但到最後，他還回到原題、用委婉地口吻問：你一生難道真的沒有走錯什麼路嗎？我坦然地回答說：我一生最大的錯誤是走了兩條分歧的路，想在文學和科技上均有卓越的成就。假如只集中於一條，也許……

話未說完，這個黃衣人已在我眼前消失，去得無影無蹤。我看看窗外車道，也無車痕或腳印，只聽到一陣冷風在窗前掠過。

二〇〇九年一月二十五日

一百零五歲的寵物

年輕時，我從未聽到過「寵物」（pet）一詞。這個名詞，想必是近二、三十年內從國外引入的。中華書局一九五六年再版的《辭海》中找不到；一九九二年遠東出版、梁實秋主編的《最新實用漢英辭典》中也沒有，當時此詞可能還未流行。寵物的原意是和動物作伴，互親互愛、或藉以紓解壓力。其實，中國人養貓、養狗、養鳥的歷史悠久、也很普遍，不足為奇。

現代的寵物，不但種類繁多、蛇蟲魚龜均有。而且裝飾奇異、設備也花費不貲。在美國這是一種幾十億的事業。看看有些國家，很多人連自己也養不起，如何還養寵物？另一方面，則有不少人，鉤心鬥角於寵物身上，相互炫耀。愛動物本來是件很好的事，如果是變成溺愛，或勝過於愛同胞、愛人，則使人側目。

我家以前也養過些小動物，說不上是寵物。六十年前我們初到台灣，在東岸的花蓮工作，那時沒有小孩，生活清苦單調、只養了一隻公雞。愈養愈大，啼聲宏亮，我們每次學他啼叫，他總是搖搖頭、表示我們學得不像，然後引頸高吭一番，殊有靈性，怎捨得宰他！後來是自然死亡。在台北工作時，我們住在永和鎮多年，曾經飼養過一頭棕色的獵犬。因地窄人多，那裡去找逐兔追狐之處？只能圈養在家。因為缺少運動，愈養愈肥。有一個冬天，他溜出去後再也不回。那時偷狗作香肉者、很是猖狂。想到他可能變為饕餮者的盤中餐時，我們全家鬱鬱寡歡，有數月之久。七十年代末，我在聯合國的泰國計劃工作，住在北部的清邁。我們也養過兩、三對黃鸝一類的鳴禽，叫聲清脆悅耳，但細毛紛飛，即使養在室外的廊下，還會使我氣喘；只好送人了事。

有過這些經驗以後，來美二十多年中，從未養過什麼寵物。可是，到了最近，不知是受了鄰居的影響？社會的風氣？或是冬天下雪不太出門、感到寂寞？就去買了一隻寵物。

這是一隻藍羽棕腹的金剛鸚鵡（Macaw），身高尺許，白白的臉頰上有幾條黑色的斑紋，像國劇中的大花臉；一條長長的尾巴，作燕尾服的下垂；圓圓烏亮的眼睛、配上褐色弧形的尖啄。看上去像中美洲馬稚族酋長那樣地高貴。這一類鸚鵡，原產於加勒比海和中南美洲的熱帶林。我因為曾在這一帶的很多國家做過事，對這種鳥特別感到親切。

這隻鸚鵡有驚人的語言能力，表情也十足。眨眨眼、振振翅、點點頭、搖搖身。活潑動人，善解人意。我們現在每天起床洗臉以後，慣常地要摸摸他的頭，他會說：「哈囉！」「哈嘍！」或「有什麼事？」等等。當我們說：「我愛你」，他也會回答：「我也愛你！」。當我們用手遮住了他的眼睛，他就說：「我看不到你」。待我們將手放開，他立即會說：Peekaboo（逗幼童的捉迷藏語）。我們如碰碰他的嘴，他會發出咕咕聲，或做出接吻的吱吱聲。有時，我們問他是否餓了，他會回答說：「我很餓。」我們就餵他特製的餅乾。最有趣的是：當他放了一個屁，他馬上說：「對不起！」而且自己還會呵呵作笑。

當然，他很會學舌，我們特地用中文對他說：你好嗎？你很乖！或是任何中文，他也一字不漏地、照我們的語氣說出。他自己還會說幾十句話，如「OK!」「你在做什麼？」「我們來玩吧！」等等，他有時也會吹吹口哨。我們要他跳舞，他會反要求我們：「來的音樂吧！」過一陣，他就自己跳起舞來。這隻鸚鵡的眼光也很銳利；即使在昏暗的光線下、無意走過他的前面，他也會覺察，忽然「哈囉」一聲，常使我們大吃一驚。也許，他還兼負保全之責呢！到了我們入寢前，我們對他說晚安！他也會回應，並半閉著眼，嘿咻、嘿咻地叫幾聲，立即入睡。這隻鸚鵡，如果再加訓練，還可增加更多的語彙。

也許有人要問：鸚鵡學舌，並不稀奇。但這一隻能夠如此對答，必定有過長期的訓練；你一定花了不少錢吧！我在此不得不據實以告：我們只花了幾十塊錢而已！原來這是一隻高科技的產物；具有紅外線感應器、人工智慧、互動機制、錄音機等等，所以能如此敏感、對答如流。比起其他高科技的寵物，鸚鵡說人語、最合乎自然、而且逼真動人。我們不需花錢買鳥食，不需清汙打掃，不需憂慮其健康疾病、就能享受寵物之趣。在這家廠商說明書的封面上，開宗明義地指出：適合這個寵物的年齡是：五到一百零五歲。我們離一百零五歲，尚有四分之一個世紀，還可以和他好好作伴。

二〇〇八年一月二十五日

精靈龜

——一件高科技、實用的禮物

每逢聖誕節或她的生日，總想不出要買什麼禮物送給太太。衣服鞋子太平常；餐具器皿已經很多；珠寶首飾則不愛戴，大多在箱中冷藏。買一個小動物罷！又怕平添麻煩。記得早年在台北，養過一條獵犬，人多地窄，也不會狩獵，有一天被人偷去當香肉賣了。害得她傷心很久，從此不願再飼養寵物了。

大約在一年以前，忽然想到，何不買一件高科技的產品給她？只要操作簡便、有些實用即可。後來，在網上看到一則消息，說是有一種能吸塵的機器人，可以自動吸地，這對上了年紀、和忙碌的家庭主婦而言，無疑是一種福音。我很興奮地告訴她，她說：世上哪有這種好事？

的確，我也是將信將疑。每家房子不同、傢俱陳設互異。除非，先要輸入一張佈置圖才成？那末，傢俱搬動後又將如何？總之，想不出這種自動機器會真有用？

因此，我花了些時間，查看這只神奇的機器。詢問了市內的多家商場，都說沒有賣。或推說這種機器不靈光，所以不賣等等。後來，報上漸有介紹；網路上買過的人也有好評；公司裡也有賣了；而且，聖誕節又快到了！我就花了美金二百幾十元買一隻來試試。

這隻名叫倫巴（Roomba）的吸塵機，直徑一尺多、厚不到三寸，很輕巧，像一隻飛碟。充電以後，用遙控按一下鈕，它會唱一句小調、打幾個圈圈、衡量一下房間大小後，即開始工作。它一邊吸塵、一邊蠕蠕前行，聲音很小。碰上任何障礙物，就立即轉向，繼續前行。

我起初還不了解，它如何能吸遍全房間？漸漸才悟出，它是用「隨機的方式」在吸地。時間一久，到處都會被涵蓋。像我家的客廳、飯廳、和起坐間，一個小時就夠了；三間臥室，也只須一小時。每次充電三小時以後，即可工作兩小時。它也能用人工智慧辨別地毯、地板、或瓷磚，調節速度。

它的特點很多：能到床底下、沙發下、牆腳下等、一般吸塵機吸不到之處，它都能吸到；如果它被卡住，也會自判形勢，退離困境。遇到台階或樓梯，它不會掉下，因有紅外線可以察覺。最最奇妙的是它一到時間、工作快完時，就會搖搖擺擺自己回到充電站、唱一聲，宣告結束。

因為它有一個小小的突出的頭部，下面還有一隻小刷子像腳，行動起來，真像一隻活生生的海龜。當它在床底下碰碰撞撞、最後像躲迷藏似地跑了出來，使你感到又緊張、又好笑。當它在充電之際，小燈一明一暗，猶如心臟在跳動：充滿了電後，一切又靜止，像是在安眠。這一切的一切，實在太精靈、太可愛了！所以在開始時，小孩們都跟著它跑；大人們都瞪著它看，最後都樂不可支！

我太太稱它為「小精靈」、「小可愛」，認它是一種現代的寵物。現在則逢人推銷，並誇我說：這是幾十來最好的禮物！我則袖手、蹺腳、讓這只「精靈龜」悠遊自在地工作，可以坐享其成。心中覺得：這種賦靈性於機械、寓樂趣於工作的產品，實在太棒了！據說，現在已賣出了兩百萬台，最近還缺貨；尚有一型可以預設日期和時間，主人出去旅行時，它可以自發、自動、自理呢！

二〇〇七年二月十六日

漏網之魚？

詩友余光中曾寫過一首詩，名為〈漏網之魚〉。大意說，現在大家都在上網，只有他是漏網之魚，逍遙網外。我不知道他目前仍然堅持到底、或是已經自投羅網？我則從上世紀九十年代起，已墮入網中，不能自拔。

時到今日，幾乎沒有一個人，可以置身網外。你不去惹它，它也會將你羅致入網。不要說像余光中那樣的名聲，著作等身，一切早已詳載網頁；一般凡人，只要有過什麼紀錄，或文書檔案，也已此網難逃。不信，你可以試一試！

最近我作了一個小小的試驗，用亞馬遜（Amazon: www.A9.com）的搜索機制，先將我的筆名輸入。定睛一看，總共有三百五十條紀錄，佔二十六頁。高興之餘，立即瀏覽一番；發現的確列有很多我的資料，如引述了我的詩、文、出版物、以及言論等等。有的連我自己也聞所未聞。其中，有一首我的詩：「月下散步」曾為民國八十八年度中學國文填充試題，真是難為了莘莘學子。但使我感到好奇的，是網上還有好幾位和我同名。一位是大陸青春美貌的明星（有照片為證），曾主演過紅樓夢。另一位是新加坡大學中文系的年輕學者，對近代作家如沈從文、郁達夫、周作人等，很有研究。其他，還有幾位好像是記者和教師。不管他們用的是真名、藝名、或筆名，都已經名落網中！有一位年輕人在網路上發表〈夏菁的日記本——公開的情書〉，不知我的朋友看到會怎樣想？最使人啼笑皆非的，乃是在一頁「新大同牧場」的登錄資料中，第一名的種豬，也叫夏菁！這是我當年取筆名時，始料不及的。

我再用我的本名輸入，也顯出二十條，共兩頁，倒是沒有人和我同名。但我離開台灣已三十六年，很少用中文本名發表專業文章。而網上居然列有我早年的專著，最近用中文寫的文章，以及我現在的通訊址等等。最使我想不到的，台灣林務局的大事記中，載有某年某月某日我訪問過該局等等。幾十年的舊事，誰能記得？只有靠網路了。

中文的名字輸完後，我又用現在慣用的英文姓名輸入。不得了！共有七千二百條，佔八十四頁。當然，不全是我的。但也差不多涵蓋了我多年來的技術專著。其中有一條，使我感到特別榮幸：大英百科全書中論及土壤和水土保持，提及我的一本專著，稱為實用（practical）。其他大部份，則姓名顛顛倒倒，紀錄洋洋灑灑，和我無關，不盡卒讀。但從別的同名人看來，也許我視作垃圾的，他們卻當為至寶呢！

興之所至，我又用英文簡名輸入。也有八十條資訊。和我同名的醫生和學人，佔了不少。我已看了近二小時，感到頭昏眼花。最後，我試將太太的姓名輸入，也有不少資料出現，可惜都不是她的。我安慰她說：至少，妳已經網（榜）上有名了！

現在的網路，神通廣大，任你如何變化，也難逃如來佛的手掌；你想做一個網上無名的隱士，作一條漏網之魚，還由不得你呢！不信，你也試試。

二〇〇四年十一月三十日

八十學烹飪

太太燒得一手好菜，也會做各式點心。當我在聯合國服務時，她的烹飪常是一種最好的國民外交；不但發揚了中國廚藝，也結識了不少外國友人。而我，除了欣賞她的手藝以外，六十年來從不下廚，最多是燒水泡茶而已！倒不是君子遠庖廚的思想在作祟，實在是無此必要。太太常說：小小的一個廚房裡有了兩個主宰，不是會搞得天翻地覆嗎？

最近，我的想法卻生了變化。我倆都已過了八十。雖然身體還健，但對很多事情，常有力不從心之感。據說，人活到八十五歲，大多不能自理。到了這種年齡，常想去老人院安居。我們曾參觀過不少這類的安養所。在美國的，因飲食、習慣、溝通、負擔等問題、不盡適宜；去國內安養，也因要拋棄整個一個家、沒有子女在那邊、還要辦遷移、財務安排等手續；因而踟躕不前。想想還是維持原狀，走一步算一步罷！有人早就說過：年紀大了，考慮太多，常不知道住在那裡是好？

我們原是很獨立的一對。年輕時四海為家，東遷西徙，也都闖了過來。現在雖和兒子家住得很近，但各立門戶、互相尊重、自主地過活。可是，年過八十，展望來日，感覺到在衣、食、住、行的日常生活中，至少有兩大問題，要預謀對策。一是食，一是行。

在行的方面，我現在還能開車。雖不敢上高速、開長途；但在市區購物買菜，倒是駕輕就熟。美國的駕照，好像不限年齡；只要眼睛好、不出事，就可更新。今後如真的不行了，還可上網或電話購物，或僱車外出。至於在食方面，問題就不簡單。在這偏僻小城，即使僱人幫助，也不會燒中國菜，尤其是在身體不適、胃口不佳時，如何解決？

想到這點，不久前我就自告奮勇地向太太說：我也來學學烹飪如何？有兩個人會燒菜，平時可以調節勞逸，健康欠佳時也可有中國菜吃。她笑著道：算了罷！詩人豈會下廚！後來，親友們聽到此事，無不哈哈大笑。

我倒是下定決心。年來在網路上尋找有無機器人之類，可以協助烹飪。我首先找到上海交通大學等發展了一座自動燒菜機，可以燒六百多種川、揚、京、廣名菜，但體積龐大、價格昂貴，只能適用於餐館及團體，頗為氣餒。但在不久前，卻找到一具家庭用機器人炒菜機，英文名Robo Cook，中文全名為「全自動無油煙智能炒菜機」，價格合理，適用於中國菜。但我問遍了大陸及台灣的親友，都說沒有見過；我還是在瞭解它的性能和規格後，從網上買一台來試試。

這隻炒菜機形同一隻插電的火鍋。由日本、加拿大、和美國食品研究所合作開發，在中國製造，獲有十餘種專利。號稱是節能環保、不黏不糊、安全便捷、保鮮營養。它含有內外兩層：外殼設電子按鈕裝置，可控制電源及選擇燒菜時間；內鍋能耐高溫、抗黏、無毒。燒時由頂蓋及鍋底兩方面加熱，自動控制溫度，不會使油生煙。底層有空氣流通設施，可保菜色的鮮美。

我試了幾次，覺得操作簡便。鍋內放入主料及調味品後，設定時間、按下電鈕即可。附來的中文食譜，圖文並茂，可以按部就班地去做。對我這個從不下廚的人，真是一大便利。只是這種中國食譜，對調味品的量，不若外國的精確，使一個缺乏經驗的人，拿不準分量。我有些怨言，太太就說：本來嘛！燒菜也是藝術；只有顏色，不能成為畫家；不知五味，也不能成為廚師。幸好，我自小耳聽目染，尚能調和鼎鼐，不至過鹹或過甜。

上個周末，兒子全家來吃晚飯，我一顯身手，在半小時之內，燒了一桌、共四隻菜：計有辣子雞丁、青豆肉片、麻菇豆腐、炒菠菜。他們吃得津津有味。我家的洋媳婦，吃到碧綠的青菜；微辣鮮嫩的雞丁、可口的肉片、以及潤滑的豆腐以後，讚不絕口，不能相信是我燒的。我記得梁實秋先生曾說過，燒菜之中「炒」最不容易，「使油及火侯」均要恰當以外，炒的時間過與不及，均非上乘之作。他和朋友曾到一個新餐館，點了一道辣子雞丁和豆腐肉絲。廚子知道來的是行家，立即出來打拱作揖等等。我這一次有此成績，他們都說：可以畢業了！我答說：那裡、那裡，這僅僅是速成班，我還要用這隻機器學習燉、蒸、煎、燴呢！

我素來愛好新科技，一向主張活在二十一世紀、人和機器要互相配合，解決生活上的種種問題，如洗衣機、洗碗機那樣。數年前，我購置了一台自動吸塵器（Roomba），用到今天，每週省卻不少我們兩個老人的精力及時間。現在又有了炒菜機，理鍋燒菜，輕鬆愉快。我希望在不久的將來，會有家庭護理機器人及自動駕駛汽車，可供我使用。

二〇一〇年八月十四日

木匠湯姆

第一次見到木匠湯姆，約在三年前。當時，我家的後壁被啄木鳥啄得大洞小孔，像一種起士那樣。他來時穿了黑衫黑褲、足登皮靴，梳了一個龐克頭，像古代羅馬士兵的帽盔。我太太看他像個太保，就猶豫起來；我說，人不可貌相，這裡工人不好找，讓他試試罷！後來看他工作還認真熟練，漸漸安心起來。竣工那天，湯姆對我們說：明天要帶太太和小孩去東部海邊度假，我知道他的意思，立即付現。但覺得這位年輕人很會享受，氣派不小。

過了不久，我們的洗衣機出了毛病。適值週末長假，一時找不到人，就想起了湯姆。因為他曾經說過，也會修理水管。真的，他接了電話就來，並說高興為我們服務。因上次來修板壁時，我們以午餐招待，待他如同家人。這台洗衣機經他修理以後，一直不再犯病，覺得他技術不壞！

最近網路上有篇文章，說是年紀大的人如果跌跤折骨，要比患癌症還要可怕。而且大多數的意外，均發生在家中。我們檢視了家中暗藏危機之處，覺得廚房到洗衣間的台階，應加寬及裝兩個扶手，因此又想到了湯姆。

我打電話去時，他正在烤肉請客，有些醉醺醺，但答允翌日就來估價。次日，他騎了一輛摩托車前來，那頭盔、和那一身的打扮，好像是電影中鐵騎劫美的英雄。他說，他的皮夾昨晚忘在車內，被人偷去；內有現金一千多，還有駕照及信用卡等。今天不能開卡車，還要去補辦駕照及銀行卡等，真是氣人。我心想，今天要他估價，恐怕會貴一些，一方面他心情不佳，一方面要收之桑榆也說不定。但還好，講定價格以後，翌晨他購妥木料，就開輛卡車、後面掛了部碩大的拖車前來。車內各式工具俱全，看上去不像是一個小木匠的家當，卻像大型建築公司派來的。

湯姆很健談，他一邊做工一邊和我閑聊。他說這個週末要去鄰州懷俄明看一個朋友。我不經意地只回答一聲：哦！他又接著說，這次要去打獵及賽車，這個朋友的牧場很大，還有私人直昇機呢！我聽了心中暗想，有這種生活和這樣的闊友，他應是個高官巨商或議員才對，怎會是一個木匠？後來他才說明，這個朋友，原是世交。我隨即問起他的父親，他說，是一個著名的經濟學家，現退休在猶太州。曾擔任總統的首席顧問，但語焉不詳。我懷疑他是在瞎吹。就到網上一查，果真他父親是強森總統的首席經濟顧問，後又擔任世界銀行非洲開發總署首席經濟家。離開政府以後，曾先後創辦電腦及網路公司、投資公司等等。這樣顯赫而富有的家庭，怎會讓兒子去做木匠，難道他沒有上過大學嗎？職業雖無貴賤，但這樣的找零工過活，也太辛苦了。

當晚，我兒子一家來吃晚飯。我們在餐桌上談到湯姆。我先問問洋媳婦：這樣好的家庭可以隨便為兒子安插一個工作，也不至於讓他做零工過活？媳婦答稱：原因可能有很多，如父母工作太忙，從小未好好教導；或父母早年睽離，乏人愛護撫育；又或兒女到了十八歲就獨立地出去闖天下，父母管不著；又可能是父親太成功或太有名，兒女生了反叛或對抗之心。她又說，不少明星及名人的子女，常有出軌、吸毒及猝死路旁的事例。我聽了，就想到我們中國的家庭，不但照顧兒女無微不至，很多還要管到第三代，這樣，造成他們的依懶性，也寵壞了不少年經人。孰優孰劣？很難判斷。

我的兒子接著說，據他所知，湯姆是此間大學的野生動物系畢業。但沒有做過一天這方面的工作。倒是喜歡自由自在地找零工做活。又說，湯姆在城中有一座古老的大房子，正在精心修繕中，說是要恢復一個古蹟，供大家參觀。他許，他生活本來無虞，只是做工賺些額外，供他花費而已！這使我想起，最近在台灣的網路上，也說起年輕人中有一種所謂「悠遊族」者，平日做臨工，賺了就花，花完再做，悠哉遊者的過活，不亦樂乎。

我的太太忽向著我直率地說：我知道你腦中還有書香門第和詩書傳家的想法。我們不能要求每一個年輕人非要念到碩士博士不可。我聽了，真有些不服氣地說：我們兩個兒子得了三個博士學位，一個孫女最近也得了碩士。他們都有很好和固定的工作，不需要天天傷腦筋、找零工來做，也沒有什麼不好啊！

她聽了笑道，你不要忘了，我們的一個孫子，一邊在念大學，一邊也在當木工，為新造的公寓做櫥櫃。他今冬畢業以後，恐難找到一個理想的工作。美國現有一千四百萬人失業，如果做木匠能快活度日像湯姆一樣，也不壞呢！

我聽了瞠目以對，一時結舌難辯，卻引起一陣鬨笑。

二〇一〇年十一月二十日

親身受騙記

經常在台灣電視新聞中，看到詐取錢財的騙局，層出不窮，有的冒充執法人員，有的跨越兩岸三地。有一位受騙者甚至再三匯款，用盡一生積蓄，也不顧他人勸告。我曾嘆說：有這樣傻的人嗎？太太笑道：碰上了這種事，誰都難說！你從前不是也被一本著名雜誌，騙得一買再買，以為要獲大獎？我雖想辯稱，買書不同於送錢，但也只好唯唯稱是。

舊曆年過了不久，一天中午，太太忽接到一個電話，直呼她Grandma。寒喧幾句後她習慣地將電話給了我。對方一開始就提高了嗓音說：我有件重要的事請你邦忙。我說什麼事？他說：這件事千萬不要告訴任何人，只有你知我知。我OK以後，他就告訴我，他和幾個朋友在尼加拉瀑布進入加拿大時被捕。原因是車後被查到大麻煙。因這是新交的朋友，他也不知情。經過檢驗，他是清白的，但還須交保。我問他要這麼辦？他說：你不要掛斷，我請這裡的警察來向你說明。

不一會，一個自稱是警官的人對我說：你要保他，必須繳美金六千四百元。我回答說：在美國好像只要繳保額的十分之一，買一張公債券即可。他說：不！我們加拿大的規定，要繳全額，而且必須要現金。我問他要怎樣繳？繳到什麼地方？他回答說：你到West Union（西聯匯兌）匯款去澳大利亞雪莉市某處某人收，匯費約三百六十元。我說：為何要寄澳洲？他答稱：我們屬於大英聯邦（British Commonwealth），所有這類款子都要匯去那裡，集中處理。我起了疑心，故意說：我不和道我們小鎮上有沒有這個匯錢處。他還立即幫我找到了地址。

那天下午，正好大雪紛飛，地上積雪也有不少。我對這位「警官」說：我年紀大了，下雪天駕車不方便，明天可以嗎？他回說：我們明天一早就要押你的孫子去百哩以外的正式監獄。到了那邊以後，要想保出來，手續麻煩，非要三個星期不可。他看我有拖兵之計，便將電話轉給我的「孫子」，讓他來施展壓力。一會以後，電話中傳來，非常憤怒的聲音：Grandapa，你保就保，還要嚕囌什麼？我就說：你有求於我，還這麼兇！假如我沒有錢，不能保你，又將如何？他立即開始咆哮，並出言不遜。這使我加深了懷疑，雖然狗急了也會跳牆，但不會如此無禮罷！我就問他：你能告訴我你母親的名字嗎？他一聽之下，就將電話掛斷。

警官接下去對我說：你今天匯了錢，我們立即就釋放。你可以打一個電話給我。我是警官某某，請你記下電話號碼及警察所名稱。最後，他又警告我：為了你孫子好，此事不能對你們的使館、警界及政府任何人說，這樣有了紀錄以後，對你的孫子會大為不利。我聽了以後，更加覺得不對勁，還想進一步證實，關在看守所的是否真是我的孫子？我要求警官再和我孫子談一談，他說：照我們規定，一天只能談一次，這不是他的權利。你們已經談過很多了！電話就此掛斷。

電話斷了以後，我還是將信將疑。太太說：這是個騙局，你可以問問這裡的大兒子。我說，我已經答允人家、不為外人道，犯上這種事，理智和感情總要沉澱一下。她笑道：君子可以欺之以方，就指你這種人！我後來電告大兒子，他也說是個騙局。我又直接打電話去德州的孫子家，果然，他好好地在家，並沒有出外遠行！

我鬆了一口氣，對老伴說，我幾乎要上當了！這種事犯到自身，就很難作冷靜地判斷。而且他們用的是直接法，裝作我的孫子；不像有些騙局，諉說是當事人的朋友之類。而且電話中的聲音，也很難辨，尤其在緊急及生氣之時。最可惡的是，他們不給我時間去核查及考慮。太太知道我生氣了，就安慰說：事情已經過去，錢也未寄出。在台灣連執法人員如法官、警官等都受過騙；詩人受一次騙，算不了什麼！

我不死心，在網路上查查加拿大最近有無新的騙局流行。果然被我查到。有一官方網站，登出如下的一段，我節譯出來，供大家參考，請大家注意：

最新的詐財案件常起源於加拿大。這類騙局包括打電話給人們，說他們的親人或朋友因車禍或罪嫌而被押在加拿大。需要繳數千元作為交保、修車、或就醫之用。打電話者往往將電話交給自稱是加拿大的執法人員，要你立即匯錢前往。另一種是，說你中了國際彩券，要求先付手續費等等。

另有一個加拿大城市警察局的網站，在向市民警告：最近約有二十家的老人，接到電話，說是孫兒女不是撞了車要賠、就是犯了罪要保，有一個自稱警察的，要家中寄錢等等。這個網站還給這一類騙案的總稱為：祖父母受詐案（Grandparent Scam）。我讀了後，覺得這些都和我所遇到的，如出一轍。天呀，好險！

二〇一一年四月五日

野話

「野話」是江南的俗語，意指不實之言，或無稽之談。一九三七年中日戰爭開始時，我家曾逃至江南鄉下，只有水路可通，非常偏僻。那時外公和我家住得很近，他常常去鄉間的茶肆、酒店喝茶、飲酒、和談天，每次喝得臉紅紅地回來，就向我們將外面聽到的什麼、天南地北地講給我們聽。那時我們都只十二、三歲，從大都市來到鄉下，覺得他講的都是鄉野之談，無根無據，都是些野話。

到現在我還記得，他曾經告訴我們說：外國人吃東西和我們不一樣，他們喜歡吃皮！他說我們吃馬鈴薯甘薯及蘋果等都要去皮，外國人卻特別喜歡連皮吃。我們聽了，覺得外國人不會如此不講衛生吧！而且鄉下人哪知洋人之事，這全是野話。有一次，他又醉醺醺地說，你們不知道昨天五里外的湖中、發生了烏龍取水，把湖邊的一隻大水牛捲到了半空。我們聽了，哈哈大笑，哪裡會有這種事；想必又是一樁訛傳的野話。又有一天，他說外國的資本主義就是賺錢主義。所以他們的產品，都不堅固，用不多久，使你去重新再買，這樣他們就可大賺特賺。

我們當時聽了，暗暗好笑，鄉下人能懂什麼主義？

過了很多年以後，我才逐漸悟出，這些不全是「野話」，確有不少是事實。只是當時年幼無知、閱歷不深；又具年輕人的反抗性之故。例如，到了國外，才看到他們拿了蘋果連皮就啃，說是皮中很有養份。最近網上有一則消息說，吃蘋果削皮者，老了會患骨質疏鬆症云云。我的美國同事和友人，吃馬鈴薯就是連皮！我看到這種粗糙、髒兮兮的皮，總是要去之而後快。

到美國住久後，才知道龍捲風的厲害。我在台灣的花蓮住過幾年，經歷過不少大颱風，但比起龍捲風，真有大巫和小巫之別。龍捲風風速之快，風力之強，不要說水牛，連建築物及卡車等，都能捲到空中，也能在一夕之間，橫掃幾個州，將村落夷為平地。像今年已有好多個州損失慘重，四五百人也因之喪命。

最近在電視上看到一則訪問美國通用汽車公司執行長的新聞。他對記者很高興地說，我們最近的產品是三十多年來最好者，因此業績日上。他說，我們以往最大的錯誤是只生產能用的車子，而不是品質最好的車輛。目的是壓低成本，謀取高利。但這種策略，使別國的汽車佔據了美國市場。我記得在前些年他們幾乎崩潰，要靠政府救濟。這也使我回想起七十年前在江南鄉下聽到的野話，並非瞎說。

現在聽不到茶肆酒坊間的野話，但每天打開電視或上網，倒有不少類似的現代野話。我有了以往的經驗，變得既不蔑視、也不全信，抱著凡事要求證實的態度。現代的野話，很多都和科學有關。其中最具歷史性的，當是對太空人的種種報導。我對ＵＦＯ不甚瞭解，也少興趣。但對近來有關人類本身的種種，感到莫大的趣味。如在人腦中植了晶片後，可以恢復記憶；如可以使白髮變黑，不用染髮劑；又如服了一種藥後，可以使染色體本身恢復或增長尾巴，做到返老回童。這些都是人類自古以來的願望，但又不知哪年哪月可以成真。我們可以當它是野話來聽，也可當它是預言來讀。

十多年前有一部恐龍公園（Jurassic Park）的電影，轟動全球。想必大家都能記起恐龍在蛋中破殼而出的情形。人類真能使百萬年前的恐龍復活嗎？這是一種野話，一種夢想，或只是一種生物及遺傳學上的願景。但最近我在網上看到一篇演講，題目是「從雛雞造出恐龍」（Building a dinosaur from a chicken）。科學家們正在努力促其實現，用反轉遺傳或抑制遺傳的方法，使胚胎中的雛雞長回一個長長恐龍般的尾巴，並使它的雙翅變回了兩隻腳，因為雞是從恐龍進化而來的。說不定有一天真可以孵出一隻可愛的小恐龍，作為家庭的寵物，證實了恐龍復活不是野話。據報導，有一個大學的研究所，已經能使雞長出了一排牙齒。

前幾天在此間的電視上看到一角畫面，一個人拿著一隻保麗龍杯，內裝熱騰騰的咖啡，旁邊好像還有一隻蘋果（是不是有農藥的毒蘋果？）。報告員說，這些食物對健康的危害，遠遠不及肥胖來得嚴重，因肥胖會引起心血管病、高血壓、糖尿症、腦中風等。我不知道，這是不是針對台灣近來對塑化劑的過份恐懼，提出不同的看法，但據台灣最新的報導，三個兒童中就有一個是過胖。社會及家長今後應將注意力集中在此才對。

台灣這幾個月來對塑化劑的報導，確是觸目驚心，使得人人自危。我豈能當它是野話？看了上述的消息，我還是不放心我家的這隻電熱水瓶，那是日本製造的，但內膽卻是塑膠製成的。據說，塑膠品遇到高溫，毒素全出。如果要換回以前用的金屬內膽，則又有含鉛及水銀之虞。真像不久前我寫過的文章〈防不勝防〉的內容那樣，使人徬徨失措。太太說：不必疑神疑鬼，坐立不安，換一隻不鏽鋼膽的就是了，不管後果怎樣，至少可以獲得暫時的心安。

二〇一一年七月三日

與鳥為鄰

後院有棵大銀楊，樹幹壯碩，枝葉繁密。遠遠望去，像一頂華蓋，像一座藍空中的綠島。因此也吸引了不少鳥雀來棲息。

三年前引來了一隻啄木鳥，將屋後的板壁，啄了幾個大洞。我們想盡方法，驅趕無效。修補好後，又被啄開，真感無奈。最後，還是大兒子提醒：如果不能戰勝它們，就參加它們。因此，在去年六月間，我們將板壁換好、漆好，高高掛上一隻木製的鳥屋，像一塊免戰牌；看看是否會「西線無戰事」？我曾發表了一篇〈啄木鳥之戰〉的散文，描述經過。最後並說：從此，我們不但不驅除這隻啄木鳥，反而祈盼它早日前來，與我為鄰！有人讀過後問起：究竟下文如何？

鳥屋在去夏掛起以後，一時並無動靜。到了秋末，有一天忽然發現，地上有一些碎木片，那是鳥屋內的填底物。究竟是被風吹出？或是被鳥啄出？一時不敢確定。後來木片愈灑愈多，才覺察到鳥屋上的小圓洞有些變形，想是啄木鳥開始歸順了！心中暗喜，趕快告訴太太：我們的招撫策略成功了！啄木鳥要來過冬，或來繁衍子孫。她卻說：不要高興得太早，也許麻煩還在後頭呢。

整個冬季，冰雪逾常，我們將門窗緊閉，也不太去理會此事。到了三月間的一個早晨，忽聽到咚咚之聲，那節奏並非來自板壁，卻來自金屬的煙囪。出外一探，果真有一隻鳥在敲打鋼管，另一隻則蹲在鳥屋之上，像是一對佳偶。雄的似在召告，他們有了個新居，雌的似在察看周遭的環境。過了一個月，也陸續看到大鳥餵食及小鳥學飛的現象。除此以外，再也聽不到剝啄木壁之聲，也看不到牆上有洞。現在已經入夏，這種鳥大都已在這時找到歸宿，不再侵犯，使我們釋然於懷。

與啄木鳥為鄰，只有一板之隔，既沒有鴉、雀的煩噪；也沒有燕、鴿的汙穢。各不相擾，和諧共處，不亦樂乎。因為，有了這樣的經驗，現在我對半畝後院中來去的鳥，也比前關心，有暇時也靜靜觀察一番。當然，算不上是一個熱心的觀鳥者，但也樂在其中。

褐腹的知更（Robin）是園中的常客，尤其在雨後的草地上，尋尋覓覓，到處在找蚯蚓。雙腳一起跳跳縱縱的模樣，既稚氣又可愛。但它們膽大而心細，見人也不會飛走，除非在接近時，才泰然飛去附近的樹頂，一會兒又回來繼續覓食。黑鳥（Black bird）則比較猖狂，一身夜行裝，低飛衝刺，頗具侵略性。有一次我看到，一隻鳥竟能驅走松鼠，想必是雄性。至於頸部飾有墨綠色羽毛、走路婀娜多姿的那隻，我猜想是雌的。也許雌雄剛好相反，我也不去深究。

我最喜愛的是藍雀（Blue jay），或稱藍鳥，它們常三、兩成群，飄然來去，狀至瀟洒。在神祕中含有詩意。尤其在皚皚的雪地上，出現活生生、天藍色的一隻，形象分明。多年前，我曾在詩中描寫過如下的兩段：

一隻稀有的藍鳥
在雪地裡茫茫尋找
發現樹下有半粒漿果
這喜悅，我該知道

常常落入茫然的境界
直到不期的靈光一道
……

——〈藍鳥〉

說到神祕，我認為首推蜂鳥。它們在春暖花開的季節，追逐在花叢之間，忽東忽西，似停似飛。因為翅膀舞動急速，使我們看不清本身。只見一個光團，一個投影，一個精靈，或是一員太空派來的密使。但是，讓我吃驚不迭的，則是年前在這棵大樹上蹲著的一隻貓頭鷹。有棕白間隔的羽毛，圓圓橙色的眼睛。不聲不響，不移不動。像在凝視，又像在冥想。我一生從未看到過這種鳥，只在老一輩的傳說和故事中聽到過。當我還浸在回想中時，一抬頭，它已去得無影無蹤。迄今我不知道，它給我的是什麼預兆？

年輕時我東奔西走，夙興夜寐，很少有聽風、聽雨；看雲、看鳥的閑暇和機會。現在卻日夜「與鳥為鄰」，與自然為伍，和諧相處，也算是一種機遇和補償吧！

二〇一〇年六月十七日

第二輯　談藝

創作以自由為貴

詩人難為

我們常說做人難，其實做詩人更難。美國著名詩人佛勞斯脫（Robert Frost）曾說過這樣的話：我從不勸人寫詩，這是自掘墳墓（That ought to be one's own funeral），生活會非常、非常地艱辛。我想，古今中外，以寫詩為生的人，絕無僅有。都是要靠其他職業來維持生活。最近，報上有一則消息，說是湖南有一位詩人，因不想「每天寫詩的時候還想著下一頓吃什麼」，而宣佈「希望有富婆或富姐包養」。聞之使人哭笑不得。

年輕時每一個人都喜愛詩；戀愛時寫寫情詩，好像都可能成為詩人。但要維持這種詩心、童心，熱心，繼而成為一個詩人，實非易事。我早年在台北時，遇到一位年輕人，他偶然在報上發表一、二首詩，就要辭去工作，專心寫詩。我勸他不必如此，他不領情。後來聽說他一邊寫詩，一邊不得已在淡水河挑砂石為生，令人欽佩。

我的已故詩友鄧禹平，寫過電影《阿里山風雲》的主題歌：高山青。在那時台灣、幾乎人人會唱，而且歷久不衰。他在一九五〇年左右自費出版了一本抒情詩集《藍色小夜曲》，在當時政治掛帥的氣氛中，清新脫俗，耳目一新。但還有一批人說他是浪費感情，使他覺得詩人難為。不久，他和我及余光中等發起了一個詩社，就是要相互鼓勵自由創作。有一次，我們談到寫詩的甘苦和社會的冷淡，他送了一首小詩《釣愚（魚）人》給我，有一段如下：

小魚兒就像我們的詩呵！
如此地難以獲得，
然而送到市面上，
都是這樣的不值錢！

那末，市面上一首詩究竟值多少錢呢？當時大多數的報章雜誌、都不接受詩，如果僥倖刊出，也不給稿費。只有極少數的報刊，付給酬報。以我的記憶，在一九五〇年代，一首十多行的短詩大約是新台幣三十元（合美金零點七五元）。到了八〇年代，每首約為八百元（美金二十五元）。迄至今日，沒有增加多少，因為報刊自身面臨很多挑戰之故。一首詩修修改改至少要費三、四天才能完成，以此計算，則每小時的報酬約為一塊美金，只及麥當勞小女孩工資的六分之一！當然，有人會說，詩的價值無限，豈能用金錢來衡量？聽慣這樣的美言，詩人也只好像過河的卒子了！

寫詩如不計較酬報，剩下來的就是要名吧！那也不盡然。對詩人來說，名是如此地虛無飄渺，不可捉摸。現今社會上名人、名媛、名星充斥，誰希罕寫詩的人？而且寫詩的也不會一夕成名。正如美國名詩人兼評論家賈拉爾（Randall Jarrell）所說，除非詩人殺了老婆（可怕！）。我在一般人前，常隱藏起詩人的虛銜，因為這並不能增加別人對我的敬意；反而給人一種不務實際的錯覺。詩人住在瘋子的隔壁，這可是一般人的先入之見啊！說到名聲，我有許許多多的詩友，都得過大大小小的詩獎。而我呢？從不去申請、從不與人競爭、從不和文化機構打交道，而且已離國四十載；因此，這種所謂「十五分種的名氣」不會平白地落在我頭上——雖然，我還在繼續追求繆斯。以下是我戲作的一首墓誌銘：

這裡趟著一個詩人，
沒有桂冠，沒沒無聞；
此刻他還在地下期待
繆斯最後的回應。

我現在寫的詩，能在國內外中文報紙及刊物上經年、陸續地發表，已該滿足了！酬報則在所不計。只是有時我的詩被誤植、誤印，覺得非常懊喪，好像當眾未扣好褲鈕一般，奈何不得。例如，我有一首詩：〈月夜散步〉，被收入《中國現代文學選集》中，由台灣一個頗有名望的出版社在一九八三年出版。寄來以後，發現題目被誤刊為〈月色散步〉，我覺得不妥，立即去信更正，卻無回音，我也不知道再版時有否改正？只是最近發現，這首題目印錯的詩，一直被教育測驗機構用來測驗中學生的國文；如此連題目都不通的一首詩，怎能測驗學生？真使我汗顏不已。

寫詩既無名利可圖、有時還被誤印，社會上一般人又多誤解。詩人如果沒有信心、童心、和耐心，確實難以有始有終。放棄繆斯，追求財神可也。可是有一批死心塌地的人，追求繆斯永不悔改，我是其中之一。我在一九五四年出版第一本詩集《靜靜的林間》的後記中，曾說過：「詩，在我是終身的追求」。為了實踐這句諾言，我在公餘、課餘、睡餘、繼續寫詩半個世紀；至於有多少成就？那就難說。

詩人難為。為甚還有這麼多的傻子像我那樣，念茲在茲，為詩而嘔心滴血呢？我只能借他人的名言來回答：詩人是天生又是人為的（both born and made）。既然一半是天生，當踏出第一步以後，就由不得自己了！

二〇〇六年十二月三十一日

難忘的一天
——悼念一師一友

今年七月四日，是我多年來最難忘的一個日子。

當全美都浸淫在歡樂的氣氛裡、家人都準備聚宴相慶的一刻，突然，我接到一個電話，說我的老師、狄爾士教授（Dr. Robert E. Dils）在一個小時前過世了。我知道他近年來身體欠佳，但想不到他遽然逝去。人生無常，不勝悼念。

中國人有敬師的傳統，我們常稱老師為恩師。而我這位老師，可以說是真正的恩師；他不但對我個人有恩，也有恩於台灣的治山和防洪。

狄爾士教授是此間科羅拉多州立大學集水區治理系的創始人。所謂集水區治理（Watershed Management），即是小流域管理之意。專門整治河流上游的土地、森林及水資源等，以保土、理水、防災為目的。這個系，是全美成立最早者，今年三月剛度過五十周年。我有幸在四十七年前

（一九六一年）即來這個研究所就讀。我記得，他那時才四十多歲，已經名揚國際。和靄可親、平易近人，對學生更是悉心照顧。例如，我們上山去作野外調查，他除駕車以外，還張羅住宿、劈柴、煮咖啡及參加洗碗等等，無微不止，絲毫沒有主任的架子。他上課說起話來，不徐不疾，有條不紊。對學生的任何問題，均能耐心解答。吾國所謂的「如坐春風」，想必就是這種境界。使我格外感到溫暖的，是每逢假日，他會邀請單身及國際學生，到他家餐聚；飲酒、彈吉他及唱歌，使我們暫忘功課的壓力及思家之苦！

一九六三年，台灣八、七水災受創後不久，舉國上下，都注重治山防洪之道。我當時在中美合作的中國農村復興委員會工作，即由該會出面敦請狄爾士教授來台任短期顧問。由我陪他上山下海，走遍全島。他作了六次演講、一次研討會，寫了一本報告，提出不少政策、技術、及試驗研究方面的建議。但要展開這類工作，需要龐大的經費。我記得，在他離台前，我陪他去拜會當時的台灣省政府主席，他當面提出了一個重大建議，即是從每年森林砍伐所得的收益中，撥出一定百分比作為山坡穩定、道路護坡、溪流冶理等用。理由是「取自山林、用於山林」。這個建議，不久為政府採納。台灣後來大量投資於治山防洪、以及水庫上游的集水區工作，數十年不斷，以迄於今。使洪災得以減輕，水源得以維護，生命財產得以保障，實有賴於他的建議。

狄爾士教授回國以後，有鑑於台灣這方面人才缺乏，就盡力設法，邦我找到一個全額獎學金，讓我回到該系研究所深造，完成學業。使我在回台的幾年中，能夠開展這方面的工作，培訓這方面的人才。他後來由系主任升為林學院院長，還繼續從事國際合作計劃。當我離開台灣、在聯合國工作時，吾國政府又邀請他再度來台檢討這方面的工作。我可以說，他對台灣有很大的貢獻。哲人雖逝，恩澤難忘！

當我還沉緬在對恩師的悼念之時，下午忽又接到一通遠洋電話，那是好友余光中給我打來的，說我們早年的詩友、藍星詩社的同仁吳望堯，已經過世了！這是望堯的大兒子送來的惡耗等等。真是壞事成雙。

吳望堯是早年台灣詩壇上的奇人。這位被稱為「鬼才」、「惡魔主義者」的「遊俠詩人」，想像奇特，詩風豪邁。余光中在一篇文章中說他的詩，是一種對於現代世界的敏銳感受，同時伴以原始人的野蠻精神。望堯自己也寫過一句這樣的詩：我放風箏是不用線的。

我記得望堯第一次來見我，穿了一件不乾不淨的汗衫，說話口氣不小，給我印象很深。那時，他不過二十左右，在台北近郊一個化工廠工作。認識以後，我們有幾年交往，除談詩以外，我們還一起作畫。用蔗板、油漆、和滴灑法（Drip Painting）畫了不少現代畫，兩人頗為自得。有一次，在我台北永和鎮的舊居，還開了一次小小的畫展，請了不少年輕詩人。有一位是楚戈，他後來是當代出名的藝術評論家。我記得楚戈看了以後，只是笑笑，不置一詞。

望堯於一九六〇年單身匹馬去了越南，從事化工製造業。我則於六〇年代兩次去了美國、到六八年後就全家搬離台灣。隔了重洋，見面很少，只是間接聽到他的消息。數年後，知道他在中南半島鴻圖大展，事業成功，我當時就想起了傳奇中的虬髯客；只是望堯不留長鬚。也聽說他在越南很少寫詩，卻獨出巨資，在台灣辦了一個「中國現代詩獎」。他也曾一個人腰纏萬金，環遊全球，寫信給我時洋洋得意，描述的行徑，卻荒誕不稽。但其中有一件事，為詩友們稱道，也可看出他「言出必行」的作風。在他去越南前，詩人黃用也將去美。兩人在言談中約定：十年後的一九七〇年五月十二日中午十二時，在巴黎鐵塔頂層見面。十年後，他已在西貢成家立業。到了三月，他即趕辦出國手續。太太問他去那裡？答稱去會黃用。太太說他是傻瓜。他辯道：說過的話一定要算數。真的，他獨自赴約，還攝影為證。對方可能已將此事忘得一乾二淨，因他們已十年未通音訊。

望堯在吾輩詩人中，的確是一號英雄人物。但有時也有他幽默、童真之處。例如，當現代詩遭到攻擊時，他雖不善為文抗辯，但也寫詩反擊。我記得，那時中國廣播公司的言曦（邱楠），對現代詩常有惡評，望堯在一首詩〈巴雷詩抄三〉裡，寫有一句：

小丘上停著楠木的棺材

暗指言曦已經老朽了！這是他親口對我說的，恐怕還無別人知道。他平時行動也很有戲劇性，和女友出遊，他大步走在前面，女友則緊緊苦追，最後沒有成功。當我第一次去美，懷念藍星諸君子時，第一個就想到他：

武士割袖而去

踏著宮本武藏雲遊的腳步

一九七五年望堯在越南危急時、我曾寫詩懷念他。不久，他全家由紅十字會救回台灣，落得兩手空空。一九八〇年，他又浪跡去中美洲，到宏都拉斯落腳，在財力有限、西班牙語不通的狀況下，力圖東山再起。這次，好像並不如意，二十多年來少有詩作，也很少和台灣詩友聯繫，像一隻沒有線的風箏。近年則目力不濟、不看書、不寫字，不通訊，其寂寞可以想見。現在客死異國，令人黯然。對其人、其事、其詩，則實在難忘，難忘！

二〇〇八年十月十一日

談作文

網路上有一則報導，說是台灣最近的「大學學測」的國文作文，有二千七百七十一人得了零分，比上年多出一倍。我不知道作文的題目是什麼，也不知道詳情，只感到這個消息很是驚人。

作文一課，在小學及中學讀書時，大多數學生均視為畏途。這也難怪，胸中沒有多少墨水，又乏生活經驗，如何能寫得出來？如果老師出的題目，偏於抽象，或無關實際，更使學生們感到無從著手。我記得很清楚，在考初中時，作文題目竟是「知恥近乎勇說」使我忽然頭昏腦脹，幾乎無法繳卷。即使現在要我去考，也不一定會得高分。這個題目，倒是可以讓今日台灣的領導人，去發揮一下。據說，這類八股的作文題目，目前還在各種升學考試中，陰魂不散。

古人說：讀書破萬卷，下筆如有神。按現代的說法，有資料輸入，才有東西輸出。人腦和電腦一樣，「垃圾入，垃圾出」（Garbage in, garbage out）。我國學生功課繁重，又注重死記死背，為了升學，時間都用在課本和其他數理等主課上，哪有時間去閱讀其他閒書？

美國的中、小學生，就大不相同。以我的小孫女為例，下學期才晉入六年級，已經讀了四、五百本課外讀物。上學年，她寫了一篇二十六頁的短篇小說；故事曲折、文筆清晰。那時她才十歲哩！她並不是這方面的長才；她的興趣是數學及科學。只是因為學校鼓勵看書，腦中儲備了不少材料，寫作時可以得心應手。不久前在電視上也看到，一位老師當著全班學生，被剃光了頭，因為學生在一年內，達到了課外閱讀的總冊數。足見讀書風氣的一般。此外，從小學起，老師要求學生作研究計劃（project）和報告，題目包羅萬象，也可由學生按興趣自定。我的小孫女作了「非州象」及「海王星」等的研究，而且圖文並茂地在校中貼出壁報（post presentation）。這種從小培養獨立研究和寫作的技巧，對以後升學和到社會上就業，有很大的裨助。我在大學研究所執教和指導論文有年，感得一般中國學生的寫作，除文字不如人外，獨立研究的精神和表達的能力也比人家略遜一籌。

提到寫作及表達能力，使我連想起這幾年來所添置的組合傢俱和家電，其中不少是大陸出品。對這些產品的說明書，不管是中文或英文，我老是看不明白，一定要讀之再三，才敢動手裝配或使用。我自忖可以讀現代詩，想像力不差，就是對這類說明書不能了然，像小學生讀古文那樣的頭痛。這使我深切感到：中、小學教作文的主要目的，在於使學生將所看、所聞、所想、和所經驗的事物，很忠實和清楚地寫下來，不必好高騖遠。有人說過，從心頭到筆頭何止千里？能心到筆到，能寫得清楚，已經可算成功了！何必籍作文來考他們的志向、時論、四書五經，或希望他們每人變為總統、名律師、大文豪呢？我認為，高深的文字訓練可以到大專去接受，那時要念文學、法律、經濟或科學，可以隨他們的興趣。

在中學時，除少數具有文學天賦外，一般學生只要能寫得文字通順、合情合理，已算合格了。如果我在初中教作文，我出的第一道題目將是：請說明如何使用筷子？

二〇〇六年八月三十一日

文學和宣傳

文學作品多多少少含有宣傳性。但一定要文學家和詩人作政治宣傳的工具或傳聲筒，則侵犯了他們的創作自由和人權。這種情形，只有在非民主及極權國家中才有。如果，有些文學家或詩人認知時代的使命、發乎自己的心聲，寫出合乎時尚的作品，原無可厚非；如果要大家走一樣的路、唱一樣的歌，文學怎會不衰退、不墮落呢？

近日讀到周質平先生發表的一篇有關文革的文章：〈從文學到宣傳：現代中國文學的墮落〉（《世界日報》副刊），頗有同感。這是時代的不幸。周先生認為，文人具有「過份強烈的使命感和罪惡感都能阻礙文學作品的發展。」極為中肯。

得過諾貝爾文學獎、世界聞名的美國詩人艾略特（T. S. Eliot）說得好：對於文化這一門吾人不能強求（Culture is the one thing we cannot deliberately aim at.）他又解釋道，只要詩人致力寫作，畫家專心於畫布，社會上各盡其力，即可和諧地產生碩果。主管文化部門及政治人物應三復斯言。

詩人和文學家用他們的想像力、創造力向國家繳稅，向國家效勞，那還不夠嗎？政府限定他們什麼能寫、什麼不能，就如同殺雞取卵；結果是雞沒了，蛋也沒有了！據我的瞭解，意大利的文藝復興，雖有其時代背景，當時各地的權貴們，盡力鼎助藝術家實現他們個別的夢想，才是最大的原因。以此為鑑，當權者的職責，應在鼓勵自由創作，造成風氣，不在於限制。

半世紀前，當海峽兩岸的文人、詩人都為口號及八股絞盡腦汁的時候，筆者和一位現已謝世、寫過「高山青、澗水藍」的詩人，悄悄地約了幾位出色的抒情詩人，發起了一個、現在在台灣頗負盛名的「藍星詩社」。提倡自由寫作，追求純正文藝。現在回想起來，在當時政治掛帥的威權時代，我們算是很有勇氣、做了一次小小的反抗。我們不但不做傳聲筒，而且一反吾國自三十年代以來普羅宣傳文學的方向，以抒發個人的感受和心聲為主旨，可以說是開風氣之先。到如今，這個詩社和其社員已出版過四、五百種期刊和個人的詩作和散文。不少成員已成為台灣文學界的先驅或中堅份子。為吾國文壇的振興，出了些微力。

所幸，這種事發生在台灣，如在當時的海峽對岸，那就不堪設想了！

二〇〇六年八月十一日

完全是為了好勝
——祝余光中兄八十壽辰

一九五一年秋天，在我認識梁實秋先生不久，梁先生就向我提及：台大有一位姓余的學生、詩寫得很好，也帶眼鏡、而且個子也和你相仿。我聽後，掀起了一見廬山真面目的衝動。但那時我在台北鄉下，工作繁忙，很少有機會能到市區去找他。過了不久，知道他出版一本《舟子的悲歌》，我就在西門町路旁書攤上買了一冊（那是我在台灣買的、唯一的詩集）。這是一本抒情詩集，在那個政治掛帥、戰鬥文藝盛行的時代，讀來特別清新。一首寫初戀情懷的詩：〈給葉麗羅〉；用鳥聲呼叫情人的名字：「字字都是葉麗羅。」我們全家後來都會背誦。給我印象最深的，卻是另一首詩。在半世紀後的今天，我還能背得出——

我原是晚生的浪漫詩人，

母親是最幼的文藝女神；
她姊姊生了雪萊和濟慈，
她生我完全是為了好勝。

我當時覺得他年紀很輕，口氣很大、雄心真不小。一九五四年為了發起「藍星詩社」，我和余光中才正式見面，一見如故，彼此就很投緣。他看起來：神態真摯、透有靈性；具學者之貌、但很沉潛；談吐散發才氣、但不狂妄。如果詩友之間偶發謬詞誇言，他先頷首一笑，然後慢慢道出他獨特的己見。漸漸地，他就成為我們這輩年輕詩人的中心。

記得和他初識的十年間，他已經顯得頭角崢嶸，出類拔萃。他不斷有新詩發表、如〈飲一八四二年葡萄酒〉、〈西螺大橋〉等等，傳誦一時。寫這些詩的背景，我都知道、或也在場。因當時過從甚密，有了新作，互相炫耀。他在一九五七年二十九歲時，就主編《文學雜誌》、《文星》、《藍星周刊》的詩，以及出版《梵谷傳》和《老人和大海》的中譯本。翌年他去愛荷華大學深造，五九年回國後，又主編《現代文學》的新詩。當時社會上對現代詩有很多誤解和攻擊，如言曦、蘇雪林、吳怡等等、他便挺身出來辯護，寫了不少論戰文章。稍後在《文星》上，又展開了文白之爭。他在一九六〇年時，出版了一本《英詩譯註》，中英對照共收三十七首。註解極為詳盡。序中曾說，他自一九五〇年起已譯有百首之多。足見他對英美詩浸淫日久，豈是一般寫詩的年輕人所能及得上？第二年，他又出版英譯的《中國新詩選（New Chinese Poetry）》，包羅當代二十餘位詩人的作品。慶祝酒會非常盛大，我也被邀。目睹胡適、羅家倫等先輩前來參加，頗有五四詩人交棒的感覺。同年，他和林以亮、梁實秋、張愛玲和筆者等合譯的《美國詩選》，又在香港出版。聲名大噪，他才三十多歲而已！

光中那時的成就和雄心，豈止於詩？他用右手寫詩、用左手寫散文，很多人都愛上他的散文。雄健典麗、奇峰迭起、俯仰可觀。他在一九六三、六四年出版了散文集《左手的繆思》和評論集《掌上雨》，風行一時。同時期，他寫了兩篇石破天驚的文章：《剪掉散文的辮子》和《下五四的半旗》，可以看出他的見解和雄心。在前文中，他分析了當時散文的病態，倡「現代散文」要在密度、質料、彈性上大大改進。他認為那時的散文只像「一個小妹妹」、「還不肯剪掉她那根小辮子」。他又說：「要把散文變成一種藝術，散文家們還得向現代詩人們學習。」何等自豪！對於當時那些「稀稀鬆鬆湯湯水水」的散文，不啻起了醍醐灌頂的作用！在後一篇談五四的文章中，他認為五四文學最大的成就是「語言的解放，而非藝術的革新。」他說：「胡適不是一位文字的藝術家，他欠缺藝術的氣質和才華。」他又說五四的作家們，推行西化，但多數未深入，對中國古典文學的再估價也不正確，企圖建立中國的新文學，「大致上說來，他們是失敗了。」字字有聲，句句驚人。他這篇文章的稿子，登出前我事先看過，頗為震驚，但他的父親倒是很鼓勵他能早日發表。

一個缺少學養、膽識、和雄心的人，豈能寫出這樣的文章？那時，也有人問起他對吾國古典文學的瞭解，我說：你不妨讀讀他同時期寫的〈象牙塔到白玉樓〉一文，就可洞悉他在這方面的功力。此外，他對現代藝術也很有研究。畫家劉國松、莊喆等早期的作品都經過他大力的推薦。這樣一位在詩、散文、翻譯、文藝評論等均有卓越成就、而且質量豐美的作家，在當時文壇上，可以說是一枝獨秀。

一九六四年以後，他常在美國講學，後來又去香港教書。我則在一九六五年赴美深造、六八年以後就離開台灣，四海為家。四十多年來兩人見面機會一如參商，但脈息相關、靈犀相通、在不在一起，已無關宏旨。我對他後來的種種活動、擔任的工作、輝煌的成就、所得的榮譽等等，雖未親眼目睹，但也知道概要。如他曾任國際筆會台灣分會的會長多年；曾參加筆會在歐洲、美洲、亞洲日本等國家的會議十餘次、並提出論文；他在國內擔任詩和文學創作方面的評審、主編、也受聘到東南亞各國去評審；如他曾去中國大陸近二十多所知名大學演講、也曾在端午節到汨羅江朗誦詩作、聽眾有十幾萬人之多。我也知道他獲得許許多多的榮譽包括國家的最高文藝獎，以及香港中文大學的名譽博士等等。可以說名揚四海。我覺得他近三十來在世界各地發揚中國文化，以及對兩岸三地文壇、南洋華人，均有極大的貢獻和影響力。老當益壯、他近來還在繼續演講、寫作、和出版、迄今已有八十餘種之多，真是著作等身，而且涵蓋比前更廣（還包括戲劇）。當代華人文藝作家能出其右者，幾稀矣！

二〇〇七年六月初、離上次見面隔了九年以後，我去高雄看他，故友相見、言談甚歡。臨別時，我對他的女兒幼珊說：「大約在半世紀前我就說過，你爸爸將在吾國文學史上佔有重要的一頁；他的成就，已超過五四時代很多作家和詩人（包括徐志摩）。他最近的成績，更為舉世華人所矚目！」我在回程時暗想：有學問、有天才、還加上一顆勃勃雄心，這是一個難得的組合，一個註定要管領風騷的人物。如果國人能再得一次諾貝爾文學獎，應該是非他莫屬。

二〇〇七年十月十五日

和而不同五十年
——余光中和我

詩人楊牧曾向余光中說起：你和夏菁，自一九五四年相交，幾十年來，情誼不斷，真不容易！言下之意，自古文人相輕，互爭名利，知友因而反目者，屢見不鮮。你們之間有甚祕密和能耐？

楊牧說這句話，至少已有二十年。我和光中的友誼，迄今持續不衰；屈指算來，已超過五十三年。半世紀的好友，實不容易。在當今這個多變的世界，有婚約和誓言的夫妻能維持到金婚，已屬難能可貴，不要說是一般的詩人和文友了。

一九五四年春，我們在台北發起「藍星詩社」時，因兩人均住在城南，幾乎天天見面。我們的新詩，在報上輪番刊出，給人以並駕齊驅的印象。我們常袖藏初稿、找到對方，相互琢磨或炫耀一番。後來隔了一條淡水河，他在廈門街老宅、我住永和鎮新舍，過從還是很密。有一次永和發大水，我就把兩個小孩，送到他家避難。到了一九六四以後，彼比為自身職業而忙，但也能一兩星期見面一次，談詩論文。但從一九六八年我搬離台灣、參加聯合國工作後，就難得見面，只靠魚雁往返。有一次在東京飛住美國的飛機上兩人邂逅，就暢談一宵，到舊金山時，還意有未盡，只能依依握別。雖然我幾十年來，平均兩、三年回台一次，但他有時在美國、有時在香港、有時出國開會，近年又常去大陸，兩人緣慳一面，好比參商。

一九九五年我七十初度、光中特贈詩一首，提及住事，也鼓勵長年在海外的我，回歸故土，和當初一樣，協力為詩。詩中有句如下：

當一切年輪
都轉成光輪
燦爛在軸心呼喚
魂兮歸來
西方不可以止兮
歸來，歸來
起點正是終點

——〈燦爛在呼喚〉

三年後的重陽節，是他七十誕辰，我從美國回台祝賀，並在壽慶大會上朗誦詩一首，後半段如下：

四十多年前的春天
那扇綠門
那棵翠柳
以及剪不完的青絲
和壯志

現在，任它白髮三千丈吧
離愁、鄉愁、萬古愁
詩人自古以來
總是這個樣子的

——〈白髮三千丈〉

是的，那時我已白髮蕭然；他腦後的白髮，如瀑如練。當年有「兩馬同槽」之稱的一對青年，一個已成千里之駒，一個則是老驥伏櫪，但交情不減當年。

我和光中原不是「同行」。他是文學的科班出身；我學的是自然科學。寫詩是我的嗜好、我的旁務，不會太計較得失。自知遣情抒懷，並無章法；雜學偏頗，殊少系統。對文學理論等等，我都以他為馬首是瞻。因此，不會發生爭論。而且，我們的職務也風馬牛不相及，不會有名利之爭。

其實，他是一個很認真的人。做學問更是一絲不苟。黑是黑、白是白；對文學作品更是字字必較。做朋友，確是一個諍友。記得我在一篇談寫作經驗的散文中，說起我只要有些啟示和動機，坐下來、集中、便可以寫出來。他認為「集中」兩字，乃英文concentration之直譯，讀者會不解；我只好改用別詞。他的這株春秋之筆，可以做到像美國詩人及評論家賈拉爾（Randall Jarrell）所說：道出朋友的劣點、敵人的好處（Speak ill of friends and well of enemy）。如早年在現代詩論戰時，我一方面因自身工作繁忙，一方面因不善引經舉典的去爭辯，只寫了少數幾篇文章，予以伸援。他後來在《中國現代文學選》（一九七五）中，用英文介紹我的詩時，就批評我「冷漠……缺乏責任感」（was one of detachment..... lack of commitment）。我只好認了！後來，他在我的詩集《山》（一九七七）的序文〈山名不周〉中，說我的長詩不如短詩，我也不以為悖。又說「註定他不會乘潮驅風，睥睨自雄，但也不會擱淺在退潮後的沙岸。」我非但沒有生氣，覺得這是他的真知灼見，我一生寫詩、從未呼風喚雨，只是細水長流。到了八〇年代，他主編了不少詩集和文集，因我長年在海外，有時把我遺漏，我也就算了。遇上別人，也許會吵翻了天。這種爭吵的例子，在文壇上比比皆是。我想：相互尊重，推心置腹，恐怕是維持友誼的基本條件。

他不但認真，他的知識和興趣，博大精深，也令我欽佩。詩、散文、評論、現代畫、民歌、戲劇、以及天文和地圖等等，均有研究，或有矚目的成果。我雖兼事科技和詩文兩方面，若要和他相比，真是小巫見大巫。尤其對他遇事專注、深入、不折不撓、探求真相的精神，更使我自嘆不如。這也是他成功之處！

文壇上有一批人認為，我和光中作品風格雷同；只要見一、不必見二；只要有亮、不必有瑜。這可能是早年同寫格律詩和長短句留下的印象。其實，我們兩人的風格和內涵是不同的。他瑰麗，我恬淡；他奔放，我內斂；他洋灑，我簡約；他是氣象萬千，我則雲淡風和。在半世紀前，我就說過：詩人有兩種，一像火，一像水，前者才氣橫溢，如火如荼；後者靜觀返照、澄清蘊涵。我們間的區別，庶幾近焉！因為不同，才能相互欣賞異質之美。假如兩個都是山，就要比高；兩個都是水，就要爭吵。他能容忍我的謬失，因我不是學文出身；我能瞭解他的雄心，因他確有真才實學。和而不同，異乃相引。我們在年輕時，曾自比雪萊和濟慈，或戲稱李杜。桃花潭水深千尺，不及我們友情深。是否會傳為美談？要看將來文學史上怎麼說了！

二〇〇八年二月四日

火雞語言

火雞的咯咯聲，英文用gobble一字來表示。早在六十年前，美國有一位國會議員，將政府的官樣文章，或冗長的講詞，稱為「Gobbledygook」，指那些音多義少、字冗意鮮的用詞。說白了，這類語言，可以統稱為「火雞語言」。

這類語言，在此一切要求快速、扼要的時代，非但沒有式微，反而於今為烈。如不信，可以聽聽新聞發佈、看看政府文稿、讀讀官方條文，即可領會。現在社會上控告盛行，一旦說錯了話，寫錯了文章，被具有「法眼」的人抓到，就可以整你、辦你。最近，哈佛大學校長對女性用詞不當，過份直率，寶座變得搖搖欲墜。因此，大家索性用火雞語言和戰略性模糊（strategic ambiguity）來表達，使人聽起來頭頭是道，真正的意義，常教人如丈二和尚，摸不著頭腦。

其實，這種技倆，中國也早有過。指桑罵槐，不就要用這種語言！我不懂京戲，彌衡打鼓罵曹，如果不用此術，豈能罵得這麼久？李白懷彌衡五言詩中，開端兩句就說：「鏘鏘振金玉，句句欲飛鳴」，可見我說之不謬。幼時正逢抗戰，常在報上看到吾軍「轉進」兩字，不知其意？大人說：這就是指撤退。我辯稱：為什麼不直說？他們笑答：你還小，又戇直，當然不懂了。我十多歲時讀史記，就愛其言簡意長；開始學英文，也喜plain English。後來寫詩、撰文，也抱簡約、真摯之旨。不喜花腔，不愛晦澀，更不用火雞語言。

這幾年在美國，卻讀到不少這類的語言。覺得有的也很有趣。例如廣告上常說，「花得多，省得多」之類。現在更有人稱計程車司機為「都市交通專家」（urban transportation specialist），乾洗店職員為「衣服復鮮人」（clothing refresher），送報人為「傳播使者」（media courier）等，雖嫌費詞，給人尊稱，無可厚非。最令人發噱的是稱賣娼者「性工業從業人員」（sex industry worker），是不是太過份一點？我不敢說，不敢說。至於稱貧窮為「經濟不富裕」（economically non-affluent），流浪者為「無目標的社會份子」（non-goal-oriented member of society），則長得像火雞叫了！

從伊拉克戰爭以來，這方面的辭彙也增加了不少。目的在避免刺激、用軟鞭子打人。如「審訊技術」（interrogation techniques）指的是拷問；「保衛性反擊」（protective reaction strike）指的是攻擊；「政權轉移（regime change）」指的是推翻等等。最妙的要推士兵被「友誼之火」（friendly fire）打死。死了再講情誼，豈不太晚！最近，在報上常讀到「非和平方式」一詞，覺得字面溫和，內涵則一。火雞語言的盛行，此為一證！

寫稿者，也可用此類語言，使按字計酬的文章，大大膨脹一番。用七、八個字來表達一個字，藉此多領稿費。但我覺得，還是寫我的千字文、守我的本分為好！

二〇〇五年四月二十五日

星星之火

近來報章雜誌上常有中文繁簡之爭，各具理由，十分熱鬧。但茲事體大，一時也難有結果；只有時間可以證明何者為優。也許，適當的混合使用，可以達到雙贏。

我在上世紀末（一九九九年），也寫過一篇有關繁簡的文章，名為〈啄木鳥〉，收在散文集《可臨視堡的風鈴》中。因為那時我在大陸出版一本簡體字的《夏菁散文》集，在校對過程中，遇到不少疑難。在台灣，我們對「虫」「几」「众」「云」「复」「东」「台」「体」等簡體字，和「学人归国」、「应尽义务」等等已多習慣。但在大陸上，有不少簡體，使人一時難以接受，如以「卫」代「衛」及以「发」代「髮」等等。至若將「心臟」的「臟」和「骯髒」的「髒」，同用一個「脏」字來表示，更為費解；難道人心都是骯髒的嗎？又、「襯衣」簡寫成「衬衣」，那麼，「父親大人」，可以寫為「父寸大人」了。現代的倉頡，豈可興之所至，隨意創新！哪知，到了這個新世紀，以前不能做或不可能的事，都變為可能。對文字也不例外。現代人愈來愈忙，寸陰必爭；加上以網路和手機來通訊的人，也愈來愈多。受了時間和空間的影響，溝通的文字，也愈來愈濃縮和簡略。現代人又懂多種語言及文字，因此，通訊中不但夾入了繁簡體、國台語、英日文、縮寫，甚至有阿剌伯數字、併音及符號等等。只要對方可以懂得，或兩人間可以通用，就達到目的。這種傳達的方式和文字，方興未艾。年輕一代，趨之若鶩；將來對固有文化和語言文字，有何種正面或負面的影響？實難以預料。但星星之火，確已點燃。據說這類火星文已用於考試，並將納入教材。有人正在編字典，還有人在寫翻譯程式。真是不可思議，簡體字已經算不了什麼！

我日前看到一封這樣的短信：

「3M: E-M Rd. 7456! He's STB, I莫Fa。Pls.MY几句, ASAP。3KU, 3166。」

經我用詩人的靈感和幻想，譯出如下：

「三妹：電子信收到。氣死我了！他很固執，我無法。請您美言幾句，愈快愈好。謝謝，再見。」

對不起，譯得是否OK？請讀者多多指教，88！

二〇〇六年七月十八日

詩，拯救得了嗎？

位於支加哥、出版美國最著名的《詩》月刊（Poetry）的基金會，最近隨刊附送一封通函，說是要拯救現代詩、將它從邊緣藝術（marginal art）提升到文化的主流。這已經是年來的第二封信，態度十分積極。這個使命非同小可，聽起來，好像是在誇下海口。出版一本小小的雜誌的基金會，能有多大作為？但是，知道他們的人，卻不這麼想，因為他們在三年前得到一筆贈款，超過一億美金！

那是一位名叫Ruth Lilly的老太太所贈。她是舉世聞名Lilly藥廠的繼承人。一向愛詩，據說她每次向《詩》投稿，都被退回，編者也每次附一封信，向她解釋。這使她覺得這本詩刊，不畏「錢勢」，維持一定水準，難能可貴。這本詩刊，創立於一九一二年，已有九十三年的歷史，是美國最古老的詩刊。二十世紀的大詩人如葉慈、艾略特，佛勞斯脫、桑德堡等等，不是在那裡初試啼聲，就是在那裡發表力作。有了這般名聲，又有巨額資本，還有什麼人會懷疑他們：拯救不了現代詩！

現代的詩、在美國、台灣和大陸，似都淪為邊緣藝術。原因眾多：如現代人太忙；要看的、和玩的又太多；加上詩多晦澀，使人看不懂等等。因此，讀者日少。報紙雜誌也很少登詩，廣播電視更沾不上邊。我個人一向的看法，幾十年來現代詩的晦澀和不顧傳達和溝通（communication），產生了今日的惡果。流風所至，積重難返。詩人的作品，常常只能在自己的小圈內沾沾自喜。路是愈走愈窄，要如何開闊？如何挽回？如何拯救才好呢？

這個詩刊，目前的計劃十分龐大。想用各種方法來喚起及吸引廣大的讀者。他們在去年已設立網址，今後要擴展影響；明年要創辦全國青少學生朗誦比賽，如目前普及的拼字比賽（spelling bee）一樣；最近又邀美國桂冠詩人科瑟爾（Ted Kooser）每週在報上寫一篇專欄；並洽請報章雜誌多刊詩作等等。此外，還敦請支加哥大學調查大眾對詩的看法、以及研究詩在今日文化中的地位，以便對症下藥。最後，要設立一個詩人之家，使美國及國際詩人有機會到那裡去寫作、討論、及出版。

當然，在鼓勵創作方面，他們更別出心裁、大幅地增加詩獎。如繼續行之有年的Ruth Lilly獎（獎金十萬美元）、及詩人獎助金外，去年新設立了一個「忽略成就獎」（Neglected Master Award），獎金五萬美元，專門頒給作品遭受忽略的重要詩人。另一個是「馬克吐溫幽默詩獎」，獎金二萬五千元。今年，又增加兩個新獎：狄瑾蓀第一本詩集獎（The Emily Dickinson First Book Award）及賈拉爾評論獎（Randall Jarrell Award in Criticism）。後者贈給寫評論給大眾看的作者；前者則專給五十歲以上、從未出版過的詩人。只此一獎，據稱已有一千一百本詩稿送往競爭！

足見美國寫詩的人，不在少數；大小詩獎，也有很多。打開詩刊及雜誌，常見創作比賽及詩獎的廣告。最近一期全國退休人員協會的刊物，登了一篇報導，警告上了年紀的人，不要去上當。文中述及一位女士，去年看了一則徵詩的廣告，從網上送一首詩去，不久回信來恭喜她，說是在千百首詩中，選出她的詩為第二名，要她親自去領獎。但需繳會員費美金五百八十元，詩選出版費六十元，外加機票及旅館費用等等。她感到不勝負擔，只繳了出版費，但至今書還未見寄來。報導中又說，每年被騙的，也有百餘人之多，凡送詩去的，差不多人人得獎！詩，雖說是冷門，但還有人在賺寫詩人的錢。

對我這樣的人，詩獎沒有太大吸引力，也不會上當。我寫了半個世紀的詩、出版了九本詩集，從不去和別的詩人競爭，也從不去申請什麼詩獎。只是執著和認真的寫詩而已！將來刻在大理石上、我的墓誌銘，也可能如下：

這裡沉睡著一個詩人
冷靜、執著、堅定
他生前沒有美夢、殊榮
只有一株筆、一顆恆心

詩，拯救得起來嗎？我的答案是肯定的——只有好詩，才能有救；只有使人懂得的好詩，才能擁有廣大的讀者。誠如這封通函上所暗示，詩人應寫出與現在流行不相同、和更好的詩（written differently, and better），才能有救。

二〇〇五年十一月七日

我看《走向共和》

最近我又看了一遍《走向共和》，這已是幾年來的第四次了。我對這部五十九集、編寫三年半、耗資四千萬人民幣、拍攝數年的歷史連續劇，可以說是百看不厭。

《走向共和》涵蓋了甲午戰爭、戊戌政變、義和團、八國聯軍、辛亥革命、二次革命、洪憲稱帝等近代史。由一百三十多位角色演出，主要有慈禧太后、光緒皇帝、李鴻章、袁世凱、孫中山、黃興、康有為、梁啟超等等。佈局精緻、高潮迭起、主旨顯著、情理分明。看到最後，還覺得興有未盡，只是結尾時有匆匆收場之感。

這部連續劇在大陸播出時，盛況空前，掀起社會上的熱烈回響和討論，網路上更是眾說紛紜，毀譽均有。一般觀眾都認為很有魅力、甚具教育意義，為近年來不可多得的巨作。歷史專家則認為瑕疵不少，虛構也多。例如李鴻章怎會和孫中山同餐談革命？孫中山是在日本剪辮、怎會在廣州街上？以及李鴻章的詩誤為醇王所作等等。劇中一個御史的後代，甚至要狀告此劇對其祖先的不實演出，要求修正。據說，這是該劇不能在大陸再播的原因之一。

其實，小疵不掩大德。人們錯把歷史和歷史劇混為一談了。以我的淺見，歷史要求真實；戲劇要求感人。歷史所紀乃犖犖大端；劇本則注重動人細節。要將一顆顆歷史的珍珠，演繹成連串的戲劇，難免要穿針引線。當然，好的歷史劇不應睽離事實太遠，但為了加強戲劇性而稍加修飾，應該可以接受。我不相信《三國演義》和《三國誌》會全部吻合。其實，歷史也包括不少史家的主觀成份在內，不可能全是客觀的事實，是褒是貶，要看是誰在編寫。美國哲人愛默生（Ralph Emerson）也曾說過「所有歷史常屬主觀」（All history becomes subjective）的名言。

因為這是近代的歷史、許多人物已在這一代的教科書、小說、和傳媒中被僵化、神化、或醜花了。慈禧太后必是兇狠傲慢、專橫無理。但劇中卻表演得不恥下問、顧全大局。慈眉善眼、侃侃從容。只是私心太重，貽誤了國家。李鴻章在很多人心目中、媚外無恥、賣國求榮。但劇中則是折衝尊俎、堅苦卓絕。袁世凱是巨奸竊國、私慾無公。在劇中卻演得審時度勢、精明幹練、他做皇帝，一半是受人慫恿。至於孫中山先生，一般的印象是崇高嚴肅、循規蹈矩。劇中卻是為人幽默可親、言談深入淺出。當然，他的不倦不厭、愈挫愈奮的精神，在劇中也表演無遺。這樣一齣與常人所知不同的戲劇，當然會被人批評為「翻案」之作。關於這個問題，有人問過編劇之一。他答稱：他寫劇本時，從未想到要翻案，主要是在關心人的種種。我很同情這種看法。他是在寫人性；不是在畫面譜。他是在發掘個人的心理過程；不是在人云亦云、套套公式。

這部連續劇除場景、服飾、化裝、對白等等均屬上乘以外，其中的對比、特寫的手法、和高科技的運用，也給人以難以磨滅的印象。例如映出在甲午戰爭前，日本全國捐款買兵艦、連少女也犧牲貞操、得款奉獻；在中國則移海軍之款，供作頤和園修建之用。當日本明治天皇每天減為一餐時，鏡頭移至西太后進餐，連續上了菜肴一百零八道。甲午戰爭前的海軍大檢閱、以及海戰時的特寫，使人難忘。光緒皇帝在馬關條約上用印的鏡頭，使人沉痛。袁世凱妻妾的上美術課，使人捧腹。孫中山將二等船票換成統艙，退掉大旅館的錢改住小旅社，以及喝咖啡都要賒帳等等，使人感動。這些細節，不管有多少真實性？都是這部戲的魅力所在。

我每次觀看此劇，總覺得民主得來不易。十次起義，前仆後繼。就是辛亥革命成功、民國初創以後，通往真正共和與民主之路，還是如此崎嶇和遙遠，還有這麼多的障礙。二次革命、袁氏稱帝、張勳復辟、和以後的軍閥割據、日本侵華、國共內戰等。辛亥革命迄今已近百年，中國人真正過了幾年民主和自由的日子？我們從什麼時候起才算是真正的共和？當有人問起拍攝此劇的主旨時，導演答稱：這部戲是在強調找出一個好的制度。我想：這就是戲中的「君主立憲」，「共和立憲」以及訂立約法、憲法之爭。袁世凱要「人大於法」，因此要做皇帝；孫中山堅持要「法大於人」牢守共和。這就是戲的主要衝突和涵意。

現在，不妨讓我們來看看海峽兩岸的政府和社會，究竟有沒有做到「法大於人」？或還是「人大於法」？換言之，究竟是法治、還是人治？

二〇〇八年一月十七日

第三輯　旅遊

帶著熱愛鄉土之情去旅遊

緬懷之旅

青島不是我的故鄉，但近年來我常常懷念這個紅瓦綠樹的都市；今春又特地參加一個旅遊團，去那裡訪舊，這是為什麼呢？

一九三五年夏天，父親帶我及祖母等從浙江老家，到上海趁船北上。過了一天，翌晨起來，船已進入港灣。舉目遠眺，真是美極了！山坡上到處都是濃密的樹木，其間有疏疏落落的洋房，粉牆紅頂，煞是好看。最最印象深刻的，是一雙高矗的教堂鐘樓。船上人說：這是青島的標記。

我剛自灰牆黑瓦、屋脊櫛比的小城前來，不知世上還有如此美麗的地方！而且，在家鄉時，我一個人住在祖母處，又無別的孩童，常常覺得孤單、寂寞。到了青島，我們姊弟有六人之多，加上差不多年齡的表弟妹等，真是熱鬧。讀書、玩耍、都很有伴。我們就住在天主堂附近的觀海二路，一座很大的兩層樓洋房。在二樓洋臺上，就可以觀看到海港的全部，像玩具般的船隻出出進進，很是有趣。我們屋前有一個花園，種了不少蘋果樹，是我們遊玩之處。天主堂附設一個小學，我們有三、四人都在那裡上學。暑假期中，雙親常帶我們去海水浴場戲水，這是我們最快樂的辰光。

我現在還記得教堂的鐘聲，平時抑揚動聽。有時，忽然間幾隻鐘輪番敲響，一定有什麼大事或是節日，使我們也興奮激昂，要去一探究竟。除了鐘聲，還有一種聲音使我至今不忘，那就是卜通卜通的搖鼓聲。在別處我從未聽到過。原來是鄉下人來街上賣布，背了碩大的一個包袱。在這些人的臉上，我常看到山東人的憨笑和誠實。

青島還有一個難忘的景緻，那就是起霧。霧從海上升起，先是吞沒了海港，使往來的船隻像幽靈般隱隱現現；漸漸遮蓋了山下的市區；再繼續往上，將山坡上的樹木、房屋、以及山頂，都隱沒無餘。白茫茫的一片，只有氣象臺發出嗚嗚的叫聲，向船隻警告，也好像在向上蒼祈求：快快霧開見日。

這般幽雅的環境、這樣美好的童年，好像可以永遠延續下去。哪知不到兩年，日本人已在華北肇事，戰爭一觸即發。我們在洋臺上看到日本旗艦「出雲號」進港的殺氣，迄今難忘。不久，母親就帶我們離開青島，避難江南老家，以為戰亂很快可以結束、我們也可很快地回到青島和父親團聚。哪知事與願違，我一離青島，再來時已隔六十八年之久！

這次去青島，旅程很緊；要想一一訪臼，不很容易。因此，住在天津的弟弟早一天趕到，和住在青島附近的表妹夫婦，花了半天，先行勘定。第二天我們同往，先到教堂，看見兩個鐘樓屹然無恙，內部也奐然一新，覺得快慰，只是「香火」不很鼎盛。而且青島已經高樓處處，教堂已經不再鶴立雞群；從海上看來，恐怕已經變成雞立鶴群了！青島市容整潔，但沿海的高樓造得太多，似乎和大自然不太調和，也剝奪了一般人觀海賞景的權利。教堂旁的小學還在，僅改變了進口和大門。朗朗的讀書聲中，似乎聽到我自己的誦聲。最後，看到我們的老屋，已經風韻不存。蘋果園改建成一座平房；原來高大的二樓，好像添了個樓中樓、並在屋頂上開了幾個天窗。據說內中住了七、八家之多。洋臺還在，只是我們無從探詢、不得其門而入、更不能登高觀海，只有在門口攝影留念而已！

起初，我頗感失望，兒時的美景不再，七十年的變化如此。後來仔細想想：這塊土地和大陸其他地方一樣，經過敵國的蹂躪、長期的內戰、逃亡、整肅、苦難不斷。今天教堂還在、學校還在、房屋還在。我們雁行六人，雖然分散在海外、大陸、臺灣各地，但都還健在。而我，有一段很長的時期，認為永生看不到青島，祇能夢寐求之；想不到隔了近七十載，還能前來緬懷種切，也是一件該慶幸的事了！

二〇〇五年六月二十八日

赴約泰山

去年秋天我出版散文集《可臨視堡的風鈴》，詩人余光中曾為此作序。內稱：「當年夏菁和我同在臺北，曾發豪興，相約八十歲同登泰山賦詩。那時只道歲月尚多，誇下海口再說。可驚一彈指間已到了眼前。泰山早已在等待詩人了。」

大約在一九五六、七年間，他和我都住在臺北，只隔一條淡水河，寫詩、談詩、組織詩社，過從甚密。有一次，我在宣紙上寫了一首舊詩給他，約他在年老時同登泰山，記得全詩如下：

海內知音絕，淒淒吾與君。
弱冠倡新律，白首吟猶欣。
風雨百年過，日月登高新。
明朝化鶴去，伴君遊太清。

我不會寫舊詩，此乃遊戲之作。那時少年不知愁，只希望我們創立的詩社能永遠蓬勃、友情能永久維持、詩也可以永久寫下去。我記得這首詩的題目是〈九十同登泰山〉。幾年後，他說是八十同登。因為詩是送給他的（也許他還保存著？）我也無從爭辯，就算是八十同登罷！年輕時對八十、九十都是個未知數；而且對那時的局勢而言，此生能否返回大陸？也渺不可期。

哪知八十就在今年。我決定去泰山一趟；行前曾寫了兩封信，傳真給他。他不在臺灣，連絡不上。說真的，這幾年，他確是老當益壯，在兩岸三地教書、演講、出版、開會、忙得不可開交。現在他門生、好友滿天下。不像我這樣僻居海外，如閒雲野鶴，但來去倒可以自如。

我只好單方赴約。和涓妻參加了一個旅行團，在四月中旬經過濟南、泰安，再上泰山。車到山麓，看見兩旁開遍山櫻和野花，精神為之一振，忘卻了長途旅行的勞頓。接著假索道搭乘纜車，臨空而上，歷經斷崖險壁，停下來已到了南天門。我在南天門向下一看，一條陡峻的臺階步道，像瀑布一般直瀉山下，那可能是中天門。看到很多人像螞蟻般努力向上爬，一方面羨慕他們的活力、一方面又為自己不用苦爬，而感到欣慰。

年輕時我在臺灣，因工作需要，幾乎走遍島上的山區。曾經越過中央山脈，自合歡埡口直下花蓮的木瓜溪。也曾從曾文溪上游的達邦、走到那時還未興建的水庫壩址。又有一次，調查石門水庫的颱風災害，走遍了上游復興鄉的山區。每次都是十天或兩週，每天步行七、八小時。那時身強、腳健、不太出汗、不需大量飲水，可以日行百里，不以為苦。現在回想起來，真有時不與我之感！

不能爬坡登山，並非全是年歲關係。二十年前，我在羅馬旅館的大理石上摔了一跤，坐骨折斷。按上金屬裝置以來，走路迄今不便；不靠手杖，已屬大幸，哪能登山？虧得泰山有纜車可乘，否則到了山腳，只能望「山」興嘆了！

我們走完天街，走到白雲亭，天氣晴朗，只有片雲出岫。杜甫「齊魯青未了」和「一覽眾山小」正是此景。據說，黃山雲霧較勝，也較嫵媚，但它和我無緣，因必須要步行。我和它也無任何約會。泰山自秦漢封禪以來，歷代帝王幾乎都來朝拜，它的歷史和文化意義，沒有其他的山嶽可以倫比。

我這次登泰山，只是為了一個早年的預約、也為了一絲心願。想在半世紀前，余光中和我創立了一個詩社，現在已出版刊物及詩集等四、五百種，對中國新詩的發展和整個文壇，產生不可磨滅的影響。而我們這批詩人，大多已在七十歲以上，還在不斷用右手寫詩、左手作文。這種堅持，在現下重利輕文的環境下，真是鳳毛麟角。我登泰山，也是抱著這種執著和堅持。

我在白雲亭已可望到峰巔，那是有名的玉皇頂。但我卻到此為止，不想走完最後的一段。心中卻藏著一個秘密的願望：留下這一程，到九十歲時和他同來踐約！

二〇〇五年七月十六日

走馬看花上洛陽

洛陽對我們來說，已經心儀很久。涓妻是個愛花人，尤喜牡丹；常想去洛陽觀賞甲天下的國色天香。她幾年來在園中也栽了幾株、粉紅黛白，但總嫌花少地窄，一覽無遺。我呢？在舊詩中念了不少有關洛陽的詩句：如「洛陽三月花如錦」、「曾是洛陽花下客」，以及「洛陽女兒對門居」等等，為之神往。

今年年初，在報上看到廣告，說是有一種包括去洛陽賞牡丹的旅遊，我們就報名參加。後來才知道很多人均被這個「賞牡丹」的廣告吸引。其實，旅遊全程還包括不少城市，洛陽只是最後一站，也可以說是壓軸戲。

到洛陽以前，我們曾在山東的荷澤住過一晚。荷澤也是牡丹生產地之一。並有「荷澤牡丹甲洛陽」的宣稱。不少同團前來的花迷，都迫不及待的要在荷澤先睹為快，深恐到了洛陽，看不到好花。不錯，荷澤的曹州牡丹園，也培有大片名種，只是新栽不久，花株均甚矮小。我們在他們展覽剛過的帳內，卻看到了二、三株稀有的綠牡丹和黑牡丹，頗感高興。

翌日，在遊黃河和少林寺後，晚上才趕到洛陽。一片燈紅酒綠，和其他都市看上去無甚區別。我們在車上看到路邊種的牡丹，據說是屬於「洛陽紅」的品種，已經有敗謝之態。想想這天已是四月二十一日，只剩四天，洛陽的「牡丹花會」將過，覺得有來遲之感。又懷疑這裡的風、雨、或沙塵，已使牡丹受損？更不知道明天真正能看到些什麼？

洛陽人對自己的城市，除牡丹外，感到驕傲之處，還有很多。洛陽先後有夏、商、東周、東漢以來十一個王朝建都於此。是中國最早、朝代最多、歷史最久的古都，比西安至少還早出幾百年。市內名勝很多，如有東漢的白馬寺、三國的關林、以及始建於北魏的龍門石窟等等。橫貫全市的，還有一條有名的洛河。曹植的〈洛神賦〉，就在此河得到靈感。

第二天，我們的節目是上午先去龍門石窟和關林，下午再賞牡丹。龍門在市南十三公里處。有一條伊水夾在兩山對峙之間，滿山青翠，長橋臥空，遠望如一座天然門闕，所以龍門古稱為「伊闕」。石窟始鑿於北魏，至宋代完成，迄今已歷一千五百年。計有二千三百餘窟龕，十一萬尊造像。這是中國三大名窟之一，也是吾國文化、歷史、美術、雕刻上的瑰寶。我因爬高不便，不能一一探究。但已看到很多雕像，手足殘缺，或面目全非。

現在聯合國已將其列為世界文化遺產，想必今後的保護，定會加強。漫步伊水和石窟之間，覺得這裡的風景，真是獨特、清麗。一邊是巧奪天工，一邊是自然之美；一邊是莊嚴的石刻，一邊是柔和的水波；一邊是千年的存在，一邊是瞬息的變流。據說，詩人白居易曾有「洛都四郊山水之勝，龍門首焉」的贊嘆。這條伊水向北流經龍門以後，和洛河相會。現在正是春汛，河水盈盈，水質清清，水邊楊柳依依，好風陣陣。不知誰是今日的子建？可以為此寫一首不朽的新詩。

看過石窟和伊水，我已覺得不虛此行。當然，涓妻的重點，在於下午的賞花。當我們踏進洛陽三大牡丹園之一：王城公園時，一切疑慮全部消除。園中的牡丹正在盛開！一眼望去，紅、黃、紫、白、真可以說是目不暇給。這裡品種繁多，據說有近千種。而且正值盛年，株幹壯碩，花大如碗，我們治遊其間，真想套一句俗語來形容此時的心境：「牡丹花下過，做客也風流！」但我開始要照相時，忽然電池用罄，在此關鍵時刻，真是感到萬分無奈！這種號稱一次可以拍三百張的電池，居然用不到一半已經正寢。我未備第二個電池，也無法立即充電，掃興之極。後來虧得同行的趙氏夫婦等，為我們拍了幾張，否則身入寶園，將要空手而歸。涓妻說：你平時勤慎行事、準備俱全，在此最要緊的一刻，卻大出紕漏！我苦笑而答：千慮一失，這就叫意外——意料之外——不是嗎？

我們在大陸坐車，經過兩千公里，才到洛陽。這是旅遊的末站，也只住了兩夜。總算牡丹賞過，龍門訪過，雖然是走馬看花，也覺得夙願已償了！

二〇〇五年八月五日

姑蘇的露天論壇

每次去這個古城——蘇州，我都要到市中心的新公園去逛逛。這個公園離我寄居的小摟，只有一箭之遙。園不算大，但花木亭台，假山魚池，應有盡有。並且設有廣場、茶室、音樂台、垂釣處等等，早晚及假日，遊人不少。但我的目的，不是為了看熱鬧、散步、或透透新鮮空氣；為的是去那裡旁聽、一簇簇人群的自由談論。這是多年前發現的事。有一天早晨，無意中走過公園北端的魚池及假山間，看到一簇簇人聚在一起，不知在做什麼？當我走近一看，見到一個六十歲左右的男子正在大發議論；興高彩烈、手舞足蹈。圍在四周的人，有時附和、有時提出反問，十分熱鬧。我走到另一簇，也見到一位老婦人在大聲抱怨。內容都是批判時局、或是揶揄人物。這一簇簇人群，隨意聚散，自由發言，使我有「禮失而求諸於野」之感。

回到住處，我向一位台灣去的友人談起：隨著經濟的開放，大陸上的言論似乎也大大地放寬了尺度。他卻將信將疑地答稱：他們是不是在演戲給人看？或是在「引蛇出洞」？我說：以我的親身觀察，這些人都是普通百姓，自然率真，作假不了。

那一年，我連去了多次。曾聽到一位中年婦女訴說現在中學、大學濫收費用，不勝負擔；又說房屋拆建，不按規定，使她吃虧。一位七旬老翁說：他小時候後門的河裡還見得到魚蝦，現在河水被工廠的廢水汙染，一片白沫，生物無存。另有一位青年說：現在官吏貪汙盛行，由於政府缺少人民去監督，有以致之等等。我聽了頗為動容。

那時，兩岸情勢頗為緊張，很多人在討論時局。有一個人說：大陸大、台灣小，我們硬要出兵去打他們，有欠王道！人群中忽有一人大喊：我看出兵僅僅是喊喊而已！另有一人忽然質疑：那麼，將來要如何解決呢？一位中年人不慌不忙地解釋道：等到有一天，經濟、生活水平、思想與制度，差距縮短以後，一切問題將會自然而然地迎刃而解！我覺得這話說得中肯、樂觀和自信。這也是一般報章、雜誌和廣播中所諱言的——在這個非正式的露天論壇，卻聽到了。

今年春天我去蘇州一個月，剛好連戰和宋楚瑜兩位主席，也先後前來大陸訪問。除了在電視上看到他們訪問的細節和種種報導以外，我也特地去新公園多次，聽聽當地的民意和風評如何？對連宋的訪問，好像均有好評。有人指出：台灣這兩位主席，看起來都很有學養、態度也很誠懇。而且演講起來，引經據典、中西合璧。另有一人立即附和地說：你們看！堂堂清華大學的校長，連贈送的屏條上的字，都念不出來，可見一般。這話引起了眾人的鬨笑。有一個人提及連戰在北大演講，讚美鄧小平及蔣經國。他很表讚同地說：蔣經國死後，沒有錢，也無甚產業，連俄國太太，也回不了娘家。這和我們從前聽到的蔣家如何如何，大相逕庭；這類一面倒的宣傳，真不可信！另一位接著道：我們幼時，都相信臺灣處在水深火熱之中，人民只吃香蕉皮過活。現在看看他們，農業發達、工商興旺，國民所得已達到一萬四千美金，我們連零頭都比不上。最後，又有人感慨地說：我們很會宣傳，但政府和社會上的一切不夠透明，常使老百姓蒙在鼓中。我聽了這種自我批評，覺得很坦白中正，一點也不過份。關於兩岸的前途，大家好像都認同要用和平的手段，談談總是好的，不必兵戎相見；關於政治制度的不同，很多人都說要靠耐心和智慧，來慢慢解決。

以上這些都是我在姑蘇的公園中聽到的。據實紀錄，不加個人的意見，也不故意喧染。我去過倫敦，但從未訪過海德公園（Hyde Park），也未曾親眼目睹在肥皂箱上演說的實況。我也不清楚大陸或臺灣其他城市有無類似狀況。但這座二千五百年的文化古城，每晨在天穹之下，公園之內，作出這般自由自在、通俗但睿智的討論，吐露老百姓心聲，應該說是一種可喜的現象。

二〇〇五年八月二十五日

古拔路的一段機緣

——兼談錢鍾書印象

這一次我去上海市中心探親，忽然想起五十多年前在古拔路的一段機緣。

提起古拔路，不但住在上海的年輕人，都搖頭說沒聽過；就是老上海也弄不清楚在那裡。因為這條路不長，而且早已改名為富民路了。古拔路在當時的法租界，也不若霞飛路有名。

一九四六年暑期，還在念大學的我，找到了一份工作。在古拔路裕華新村、教育部的一個文物會擔任抄寫工作。主要是列出文物清單，向日本索還。我年輕時曾練過毛筆字，在中學時，學校曾將我臨摹的《靈飛經》，參加校外比賽。也許，能寫一筆正楷，他們就僱用了我。

這個文物會是假合眾圖書館的一幢樓房辦公。主管是徐鴻寶（森玉）老先生。當時在六十五歲左右。古物鑑定及版本目錄學專家，曾任北大圖書館館長。身體胖碩，一到辦公室就脫去長衫，口中喊熱，揮扇不停。錢鍾書在《談藝錄》中所稱的徐丈森玉，就是他，對他很是恭敬。合眾圖書館的主持人是顧廷龍（起潛），那時約四十出頭，身材中等，烏黑的眼珠像要突出鏡片。他態度認真嚴肅，我起初不知道他是何等人物？只曉得他能寫一筆蠅頭小楷。後來才知道，他不但是文獻學家和古書版本目錄專家；也是書法大家；真、草、隸、篆無所不能。他好像是文物會的顧問，後來還做過上海圖書館館長。大陸開放之初，我曾在蘇州一個名園，看到一幅橫匾，赫然是他的手筆。我當時覺得蹊蹺，這種古式古香的名園應由清代名士來題字才配，如俞曲園、吳大澂之類，怎麼會是一個連我都認識的當代人？後來想到，可能是文革時期很多匾聯被毀，因此，由今人來彌補。

在那個暑期，我就住在合眾圖書館的樓上。那是一間很豪華的房間，有一隻很寬的席夢思床，這是我生平第一次睡這樣舒適的床，迄今記憶猶新。據後來Shanghai Times的報導，胡適之先生在大陸易幟、倉促奔往美國的前夕，也在這個圖書館住了十多天，才登上威爾斯總統號出國。他是否也睡過這張床？我無法考證。

這個私人圖書館，在上海文化界頗負盛名。來來往往的人不少，而且大多是學者和名士：如屈萬里、顧頡剛等等，我已不能記清。只有一個人，使我見了不忘——那就是錢鍾書。

我記得第一次見到錢先生時，他穿的是白上衣、白短褲、白襪、可能還穿了雙白皮鞋。一落洋派、狀至瀟灑。陳道明在《圍城》這部電視集、出場時的模樣，庶幾近之。我那時的直覺是錢先生體格健壯，不像一個長袍眼鏡的文弱書生，倒是像一個意氣風發的足球員；他當時僅三十五、六歲而已！他進入辦公室以後，眼睛一掃，就逕去他學生的桌子前坐談。這位高足，是他光華大學的學生；好像是姓華、或是姓周。我已不能記清。只知道他是在編摘和整理錢先生《談藝錄》的書稿。老師如比洋派，學生倒是綢袍一襲。我們雖在同室辦公，任務不同，各自都忙，彼此很少交談。有一次，一位會看相的同事對我說：你不要看他是富家子弟，他將來的命運還不如你呢！我聽了只能唯唯否否，一個身無分文的窮學生，前途茫茫，哪有什麼奢望？後來我才知道像錢先生那樣的大儒，在文革時還被下放去搗糞，其他的知識份子則可想而知！

在那個暑期中，我常常見到錢先生來此。他那時可能就住在不遠的辣斐德路（今復興中路）。我從來不敢和他攀談。他來時，我起立致意，如此而已。聽說那時他在編輯中央圖書館的一本期刊，學貫中西；而且又是散文家、小說家（《圍城》正開始連載），對他肅然起敬。我託文物會的一位長者，據說是他的同窗，要了一本開明版的《寫在人生邊上》，視為至寶。後來將它帶到臺灣，可惜在那段白色恐怖時期，給我東藏西塞地弄丟了。

我和余光中相識之初，因為彼此都欣賞錢鍾書，友情就增進得很快。我們常把《圍城》中趙辛楣的高傲、三閭大學的種種、以及詩人曹元朗的那首歪詩，什麼月亮好像孕婦的肚子，顫巍巍貼在天上等等，大開玩笑。

這次在大陸旅行，我帶了楊絳女士所著的《我們仨》，隨時翻閱，覺得錢鍾書居家很有風趣，也平易近人。可以說使我對他的為人，有進一步的瞭解；他的許多言行，會使人掀起「大師也是如此」之感！而我呢，比其他作家和喜歡他的人，多了一份榮幸：別人只能在陳道明的演出中，猜摩錢鍾書年輕時的身影，我卻在五十九年前已親眼目睹他的神采。這也算是一段機緣罷！

二〇〇五年九月十三日

上華山，比今昔
——台灣鄉土之旅（一）

我在台灣住過二十年，從未聽到過華山。只知道在武俠小說中有華山比劍（那是在大陸）。最近我到台灣，卻去了一趟華山。坐車去雲林古坑鄉，在未入山區以前，看到夾道旗幟飄揚，在慶祝「台灣咖啡節」。使我不禁自問：台灣也產咖啡嗎？我在加勒比海的牙買加國耽過，那裡的藍山咖啡世界有名；二十多年前就聽說，在東京一杯藍山咖啡，售價十塊美元。我也住過中美洲，咖啡是很多國家的主要財源。台灣一向以茶、香蕉等出產為主，現在竟然以咖啡為名、辦起節日活動，真是不可思議！我又忽然想起，以前確有一個雲林經濟農場，產有少量咖啡。那時，本地人不喝咖啡，所以不為人知。現在的年輕一輩，愛喝上一杯，趨之若鶩，當謂時代不同了！

到了古坑鄉，才知道有一個華山村，也有一個華山（大尖山的別名）。山的背後，就是草嶺，同屬古坑鄉。草嶺因有一個潭而有名，這個草嶺潭在二十世紀初大地震時、由崩下的土石形成。後來每次地震或豪雨引起崩山，這個潭就隨之變形。我不知道九二一後變得怎樣？但在半世紀前，我的確到過那裹，而且迄今難忘。

那時我剛進一個中、美合作的農業機構。到職不久，一位雲林地方人士，要我們去草嶺潭的大崩山去看看，有否治理的對策？我隨著一位先輩乘車到古坑鄉，已是一路顛簸、滿面灰土；到了古坑鄉後，又碰上鄉路不通，必須要翻山而過。他們為這位先輩，備好一頂便轎，我則徒步跟隨。兩個壯漢抬轎，健步如飛，我卻苦苦跟緊。這樣上坡越嶺，走了三個小時，才到一處稜線，向下一望，在亂石奔雲中看到草嶺潭的一角。這麼龐大的崩山，必須花費巨大的財力、人力才行。而且，五十年前我們的技術，剛在起步，如何治理得了！回程時，遇到傾盆大雨，我淋得像一隻落湯雞，回到古坑，坐車到台中旅舍，已經過了午夜。那次到草嶺潭，也許通過華山，沒有人提起，也就忘了！但一路的「追隨」之苦，倒是記憶猶新。

這趟去古坑華山，卻大不相同。坐的是舒適的越野車，行的是平整的柏油路。我們先到一處觀光勝地：「雲林文學步道」去散步。一條沿溪的小徑、整潔幽美、花香鳥語，不在話下。它的特色是在兩旁的石刻，都是當代作家的詩文。我所知道的不少詩人，都有真蹟銘刻在此。聽說這裡每到端午，還舉辦盛大的詩歌節。在步道上緩緩而行，使我感到舒坦而富情趣，詩人難得受到這般的尊敬和禮遇！在步道不遠處，我們參觀了一位蔡姓陶藝家的工作坊。他是製作交趾陶的專家。作品富有民間鄉土色彩，但頗細膩、耐看。他的作品曾在各地展覽，也得過不少獎。在這樣一個偏僻的山村，有這麼多的文化活動及藝術氣息，是我去華山以前所不能預料的。

華山果然是不同了！五十年前經過時，可能是一個草野之村。現在已變成一個文化藝術、觀光休閒的好去處。我們在中午、駛過曲折盤旋的山路以後，忽然開朗，到了一座休閒、進餐之處。那是設在山腰的一塊平台之上，有木屋、花圃、涼棚，可以喝咖啡、冷飲、進餐和住宿。前面有一片經過疏伐的桂竹林，可以讓你遠眺群山、閒雲、和谷野。園中栽有花卉，樹上寄生芳蘭。我們置身在這座名叫「微風山林」的山莊，清風徐來，啼鳥幽迴，確使人心曠神怡。聽說這一帶的山莊和旅舍不在少數，「只在此山中，雲深不知處」要待遊客慢慢去尋訪。

飯後，我們駛車直上華山，這是此行的終點。我們在華山溪中游的一垛橋上，向上一望，一條寬約二十五到三十公尺的山野乾溪，自山腳直下。源頭淺、末端淺、中段很深。好像大地被一把利劍、剎那剖開一般。這就是土石流的行徑。據說，這溪原來僅二、三公尺寬、幾年前一次五百公釐的豪雨，在一夕間擴大十倍。提起土石流、在台灣的山坡地居民、無不談虎色變；平地都市居民也無人不曉，尤其在颱風豪雨期間。現在這條溪，已像台灣很多的山澗一般，築起了一連串的欄砂壩，阻擋土石下移。而且還設有現場攝影機、紅外線投射燈、雨量計、水位計、地聲儀等等。不分晝夜、每十秒鐘將影象送到「中新一號」人造衛星，立即轉到水土保持局的防災應變中心，可以使決策人員即時判斷洪水及土石流的嚴重性，從而發出警告或疏散的信號。這種即時（real time）的信息和影象的傳送，即使在先進國家，也頗少見。現在正值旱季，這條整治好、及美化過的小溪，還可以作觀光及戶外教育之用。

我參觀以後，深深地感到：從前去草嶺潭的年代和現在，實在不能相比。時代在進步、科技在進步、人文環境都在進步。剩下來的，啊！就是政治了。

二〇〇六年一月八日

步道・擂茶・豬舍咖啡

——台灣鄉土之旅（二）

被稱為「富麗農村」的照門村，位於新竹縣的新埔鄉。一進入，就感到耳目一新。道路雖然曲折，兩旁林木蔥翠、修剪適度；路面整潔，花草有致，頗有曲徑通幽之趣。到了村內，又看到紅瓦的農舍，散處在丘陵起伏之間，而且小溪都整治得涓涓清流，叢林，果園、花圃、草坪、池塘、點綴其間，頗有歐洲農村的風貌。

我們先到「金谷農場」的一所西洋式的娛樂中心小憩。聽他們說：這個夾在兩條小溪間的村莊，以前一遇颱風、豪雨、即有嚴重災害。自從十多年前實施水土保持、整治溪流及美化環境以後，即蛻變成一個休閒、遊息、觀光勝地。我環顧門前芳草如茵、一泓池水、禽游其上、魚戲其中，的確是個好地方。場主說：十多年來，村民自動組織巡邏、維護，以保道路安全、以及溪流和環境的整潔。我問起特產品，他說：這裡原產橫山梨，以前要租卡車載往台北去苦苦推銷，現在觀光客來此，自行採摘，已供不應求。他又說：我們在山上開設生態步道、林間步道，從城市來的人都喜歡健行或散步。但開設之初，有人因太近住屋而反對。後來，有人建議可以擺一小攤，他就試賣燜雞，因是放山土雞，現在生意鼎盛，週末每天可售一、二百隻之多，這家農民已經新起樓房。

中午時，我們去「陳家農場」午餐，餐後，場主以客家人的特產「擂茶」饗客。所謂「擂茶」，是先將綠茶、芝麻、花生放在刻有紋路的大碗中磨細，再加入多種穀類的粉末，用滾水泡製而成，風味特佳。據說是從前農村裡普及的滋養品。

我因好奇，也試做一次，覺得並不容易。用力必須要勻稱，研磨也要小心，而且要一氣呵成，要有耐力。全部過程至少要一刻鐘。場主說得好：遊客們先徒步登山，練好腳力；再來擂一擂茶，非但手足可以並用，而且可以享受自己的成果。我想，這種讓人自己參與的（participatory）休閒活動，的確很吸引人呢！

我們在參觀途中，也造訪了一位林姓藝術家。年紀很輕，自稱庶民。從都市遷來鄉下，已近十載。他愛這裡的幽靜，可以恬淡為生。這是一種可喜的現象，數十年來農村青年移往都市，造成各種都市的問題。如果農村都像照門那樣地改善環境，創造就業機會，不但可以留住年輕人，亦可像這位藝術家那樣倒流入村。他們夫婦兩人，住在三間竹屋之中。竹凳、竹桌、竹榻、竹床。用具也多竹器。他原來是一位竹雕專家，作品被人收藏。為了普及大眾，也製些精緻小品。如蜻蜓和蝴蝶等，做得維妙維肖，還可以佇立在細細的竹尖之上，迎風迴轉，栩栩欲生。真是匠心獨運，巧奪天工。

下午，我們又去了苗栗縣三義及大湖之間的「薑麻園」。「薑麻」是「薑母」的別音。那裡的山坡地以前只是種薑，收入有限。現在卻大力發展休閒及觀光事業，如木雕、陶藝、果園、以及民宿。特產則有桃、李、柿、梨、柑桔、薑、草莓等等。發展的景點也很多——在山頂可觀雲海；在林中可看稀有的八色鳥、棕背伯勞鳥、蝶類；桃李盛放時，可以賞花看景。平時也可在各種步道上散步、競走，吐納山間靈秀之氣。很多「民宿」都傍山依水，明窗淨几，每晚索價僅有都市旅館的三分之一。這個號稱「風情萬種」的薑麻園，確實名不虛傳。每年吸引台灣中部城市的來客，在十萬以上。他們的目標是五十萬人，及每年收入新台幣五十億元。這樣一個方圓只有十平方公里的鄉村社區，能有如此發展成果及規劃的遠景，實令人感奮。

我們在上山途中，稍事休息，並喝咖啡。一方小店，突出山腰，望出去、遠方山巒起伏，近處庭樹歷歷。女店主說：這原來是一個豬舍，她買了些報廢枕木，將之改裝而成。現在熱賣咖啡及特產糕餅，生意興隆。這種化腐朽為神奇的賺錢巧思，也聞所未聞。

現在有很多國家，在都市以外發展所謂「生態觀光」（Ecotourism）。用很少的投資，改良鄉村道路、停車場、瞭望臺等，促進人們前來觀光，領略天然風景、培育環保思想，因而也帶動當地產業，以及餐旅事業的興旺。台灣這種工作，不是觀光及環保部門在做，卻是我的同行、水土保持人員在各地推動，使我肅然起敬！

從前我在台灣，因工作上需要，上山下海，走遍了全島。原以為在陽光之下，台灣已無新奇、可看之處。尤其，不久前去過大陸、登泰山、入黃河以後，更有「小天下」的看法。但這次去台灣鄉間，只有幾天，就感到寶島的鄉土和人情，有很多很多地方、還可以細細領會、體味、和欣賞。

二〇〇六年一月三十日

烏來懷舊
——台灣鄉土之旅（三）

烏來是台北近郊的名勝。有瀑布、有溫泉、有森林、和原住民的文化村。從台北駛車前往，一經過龜山，就進入狹谷，中間是潺潺溪流，兩旁是崇山峻嶺。和紅塵十丈的都市文明，隔得很遠，像進入了另一個天地。

半世紀前，我就在龜山、烏來的這片天地中工作。朝夕和大自然為伍。那時，我工作很忙、職責不輕。轄區自龜山、烏來、那哮、阿玉、直至林望眼（現名福山）。在林務方面：要培育樹苗；要造林；要撫育幼林；要間伐疏伐。在茶業方面：要育苗繁殖；要管理茶園；要採茶製茶。而且，還要維護二十公里的台車軌道、架空索道、以及林間的木馬道。說起木馬道，那是一種林間運輸木材的特別設置，是一邊靠山的架空木橋，如火車軌道一般，但無鐵軌。最重要的是維持一定的傾斜度。所謂木馬，是像雪撬一般。裝上一、二千斤木材以後，只要靠少些人力、及大部重力，將之滑運到平地。每小時可行十五到二十公里。這種木馬道，別處已不多見。我常常想，諸葛亮的木牛流馬，恐怕也是這類靠重力運輸的工具吧！

我去林間工作，常常住在臨時搭建的工寮之中。茅草做頂、樹枝作床、溪水為浴、冷飯為食。比古人描寫的「雞鳴茅店月、人跡板橋霜」還要清冷和荒野。但那時年輕，不以為苦。現在則不同了！參加觀光時，如被安置在三星旅社，還會抱怨。當然，那時也有不同的煩惱和困厄。記得好幾次造了林或種了茶以後，三天不雨，內心就焦急如焚；台車出了軌或木馬翻落，就使我徹夜難眠。有一次，為上山採取聖誕樹、供應台北華洋機關，自己卻被索道吊在半空、上不見山頂、下則有深淵，那種感受，迄今難忘。我到福山的水源涵養保安林工作時，大霧瀰漫，還遇到過黑熊的出沒。

採茶、製茶方面的工作，比較輕鬆有趣。那一帶沿溪山谷，平時雲霧多、濕度大、正是茶樹生長的好地方。聞名的文山包種、綠茶，即產在那裡。每到春天採茶季節，新雨以後、金色的陽光下，戴笠帽、帶護手，採摘「一心兩葉」的熟練妙手，使人印象深刻。我寫過一首歌詞〈採茶歌〉，後來還被譜曲演唱。

這一次，隔了數十年臼地重遊，經過龜山，一時認不出來。製茶工廠不見了；辦公室沒有了；茶園看不到多少；連台車軌道也變成馬路了。頓有滄海桑田之感。我到烏來，目的是要訪一位當時的同事——後來落腳在該地的一位詩人：麥穗。和他談往說今以後，補充了我多年的空白，心情即大為開朗。我們當初共事時，他才二十左右、單身、紅紅圓圓的臉，喜愛新詩。忙中偷閒、我們和另外一位年輕朋友，一起讀詩、談詩、寫詩。倒也度過不少快活的辰光。我離開那裡以及出國以後，漸漸失去聯繫，只知道他和原住民結婚，一直還定居在烏來工作、寫詩、和出版。他的另一項嗜好，就是搜集新詩資料，數十年來如一日。所寫的新詩發展史實，極具參考價值。有人稱他為「新詩歷史館館長」，實不為過。我和他在九〇年代以後，才恢復連絡。這次到烏來，他以地主身份，伴遊招待，而且暢談往昔，真是一大快事。只感到五十年彈指而過。近來每次見面，他的頭髮愈來愈少，我的頭髮愈來愈白。但兩人對詩的愛好和熱誠，不減當年。

我們去一間他親友開設的餐館午餐。明窗淨几，佈置典雅。掛有一幅字：「好山好水好鄉土」，使我有賓至如歸之感。據說，這塊土地，原來是山胞保留地的開墾地，主人多年前放棄務農，投資餐館及民宿，生意鼎盛。原往民因觀光事業而大大改善生活，和半世紀前的農耕、做散工、以及作木馬和台車推手等等，已不可同日而語。

午後我們去了那哮村，當年吊我在半空的索道，早已拆除。林木也篠蔓滋生。我沒有興趣再去內洞景區，或遠上福山。回程時，只在瀑布處小息。遙望水瀉如練，一若住昔。歲月會過去，生命會過去，而風景長存，天地長存，我們能留下些什麼呢？

二〇〇六年二月二十日

挑米坑和澀水區
——台灣鄉土之旅（四）

誰聽到過這兩個鄉土的地名？假如我說這是在日月潭和埔里一帶，大家多多少少還會有些聯想；九二一大地震的震源，不就在附近嗎？挑米坑現在已是一個台灣有名的生態村，並已改名為「桃米村」。環保人士、百姓和高官、常去造訪；連雅虎的網上也有過報導。澀水社區，則因生產世界頂級紅茶而聲名鵲起。

這兩個鄉村不但在大劫後浴火重生，而且更上層樓。最近我有機會去實地觀察，覺得氣象一新，展現農村的簇新面貌。

挑米坑是一個谷地。昔時挑米下山上坡，都要在溪邊息肩，因而得名。在我的記憶中，從前是一個很平凡的山村。地形很低，常患水害。現在以台灣少數的生態村而聞名，頗使我難以置信。

我們在烈日下進入一個農家、坐在百香果的陰棚下，環顧四周的景緻：碧綠的竹林、潺潺的溪流、如茵的草坪、原木的建築。覺得既有鄉土的風味，又有現代的便利。我對於溪中一列系的水池、特感興趣。據主人告：他們將民宿、餐室、以及其他汙水導入這一列小水池，池中種有不同的水草，可以吸汙及淨水；等到流往下游，已經不會汙染水源，他有水質報告為證。使我想到在台北時、有人指責鄉下的民宿，亂排汙水，為害水源。但在這個生態村裡，已有解決之道。

淨水池只是生態村裡的一種設施。他們還有「森林浴」步道、生態池、水上遊樂場、公園等等，大多利用本地原料及根據地形構成。村民最引以為榮的是保存幾塊濕地。這些濕地，從前都是稻田。現在農業轉型到「休閒農業」，不多用人工、任土地自生自長，成了濕地。濕地（wetland）的被重視，在國外也只有十多年。它可以在乾旱期供給灌溉水源，雨季時調節洪水；長年還可繁殖水生植物、以及青蛙、蜻蜓、鳥類等等。現在他們已發現有二十三種青蛙、五十一種蜻蜓、七十二種鳥類。到了夏夜、還有千千萬萬隻螢火蟲，閃亮如天上的繁星。因此，遊客每年都在增加，現已有二、三萬人。旺季時，日夜比肩接踵，帶來較前十倍、二十倍的收入！村民說：以前是稻米當家，現在他們的老闆是螢火蟲和青蛙。

澀水是在日月潭畔、魚池鄉大雁村的一個社區。魚池是台灣有名的阿薩姆紅茶主產地，我從前亦常來過。近來由於災害、青壯離鄉、人工昂貴、出口減少等原因，茶園日漸荒蕪。幾年前，地方上有識人士，趁在重建之時，組織社區，大力恢復茶園，栽培優良品種。有一種是「紅玉種」由阿薩姆及本地野生種育成，製出來的茶葉，具有天然的肉桂香外、尚有淡淡的薄荷味，喝後使人回味無窮。評為世界知名紅茶中的極品。據稱，曾供應過日本皇室之用，現用「澀水皇茶」之名，行銷國際。

我們在午餐時，一方面享受當地的「莊腳菜」（莊稼菜），一方面和社區的推動人、談論他們奮鬥不懈的滄桑史，印象至深。

午後，又去看社區內的另一種事業：製作陶磁。據說那裡的陶土，全島聞名，他們就地取材、將之發揚光大。現有很多藝術家來此製作，並設有工作室、陳列室及教室，訓練人才。我看看四周的鬱鬱森林、悠悠步道；大自然和工藝之美，並列並陳，確使人徜徉忘返。

這兩個鄉土之村，展現了與前大不相同的農村新貌。我想，他們的成功，除客觀環境外，在重建和發展過程中有幾個主要的原因。第一、他們的規劃是從草根做起（國外所謂的Bottom-up Planning）。以發揮當地的資源和優勢為目的。第二是全村參與（Local Participation），如村民參加講習、擔任義工、捐出土地等等。第三是多方緊密合作（Close Coordination），政府、企業、教育、農民的通力合作，才能有此成績。回憶我在聯合國工作的十六、七年中，到過不少發展中國家的農村，他們也經常提出上述的三個口號，能真正做到的，卻是鳳毛麟角！

從地方人士的談話中，我也深深感到人的因素，至為重要。台灣水土保持同仁（主辦機關職員）耐勞和務實的作風，以及農民勤奮上進的精神，值得我們脫帽、致敬！

二〇〇七年七月二十日

墾丁的奇遇——台灣鄉土之旅（五）

清早被鳥聲喚醒，一時不知身在何處？曾在德國的一個小鎮，早晨被教堂的鐘聲敲醒；在印尼的僻鄉，被高塔上的早禱聲驚起；也曾在河南的一個城市，被大眾的廣播吵醒。印象最深的是在中美洲、哥斯達黎加的一個農業試驗場，百鳥齊鳴，真是此曲祇應天上有。今晨的鳥聲，清唱多於合唱，中音多於高音，也許是已入炎夏之故。近來一直在都市過夜，有這種遭遇，已使我心曠神怡了！

昨天從高樓大廈、熱氣蒸騰的市區前來，進入這個台灣南端的熱帶植物園，頓使我有清涼、如歸之感，更何況是：目不暇給。園中有一棵像穿了厚實高根鞋的「銀葉板根樹」，那是這裡的「鎮園之寶」；一叢枝根難分、佔地數百平方公尺的「白榕」、那只是一棵樹；兩株樹齡百年的「蘇鐵」；幾棵價值非凡、半寄生的「檀香木」。此外，尚有可以食用的「榴槤」、「麵包樹」；

可作藥用的「金雞納霜」；可為染料的「胭脂木」；以及很多海岸防風植物如「棋盤腳」、「林投」、及「瓊崖海棠」等等，美不勝收。我因僻居在寒冷的落磯山二十多年，遇到這些亞熱帶的「舊雨新知」，特別高興。

這裡有「高位珊瑚礁」上的植群、和天然的熱帶雨林，現在已不多見。我在五十年前來時，還沒有什麼整理及保護。後來經過林業試驗所同仁用篳路藍縷的精神、一年年的開拓和捍衛，才不被破壞。加上歷年來設置的熱帶果樹、香料、稀有植物等等展示區，今日，已成為一個聞名於世的植物園、和森林遊樂區。

在這些奇花異木的幕後，我真正的奇遇，是見到這裡的一位樹木和植物學界的奇人——試驗所的潘主任。見面時，他出示一本剛出版的《福爾摩沙植物記》，印得精緻華麗、圖文並茂，共三百多頁。他是從台灣古典詩文、地方誌、地理書籍、以及諺語中，找出台灣在荷蘭、鄭成功、日本、及政府遷來時期的植物，以及引進的新品種。可以說是一本以植物為主的台灣史：他能熔植物和歷史於一爐，實在難得。

在座的一位老朋友對我說：你恐怕不知，潘先生年紀尚輕，已經著作等身。他出版的有：《民俗植物學》、《成語植物圖鑑》、《詩經植物圖鑑》、《楚辭植物圖鑑》、《唐詩植物圖鑑》，還有《紅樓夢植物圖鑑》等等。我聽了以後，肅然起敬。這位坐在我面前的植物學專家，能將枯燥的植物學和家喻戶曉的古典文學，結合在一起，真是了不起。

潘主任笑著道：他曾用三年時間，研讀紅樓夢八次，念了無數古詩，才開始把圖鑑陸續完成。他分析紅樓夢前八十回中，每回平均提及植物十多次，到了後四十回，忽然銳減到三、四次，描述也不如以前精到。足可佐證，前後不是一個人所寫！他的判斷，據說很使研究紅學的人信服。

我正在想：面前這位「左手科學、右手文學」的奇人，為學為文，深入淺出、又有風趣。他卻侃侃談起他的實地工作。如在台北植物園設置了「詩經植物區」使耆老們捧了詩經來查看。另設一個「十二生肖植物區」，使兒童們競相找出自己的生肖植物。這使我進一步認和，他絕不是一個抱著書本、搜集標本的老派學究；他是一個將植物生活化、趣味化、普及化的現代學人。我想，他之於植物、比于丹的推廣《論語》，形象及手法上更為鮮活。

最使我敬佩的是他劍及履及的作風。他聽人說起王昭君的青塚四季常青，就遠去塞外的昭君墓，作實地勘查。他很幽默地說：墓草在冬天是會變黃的，除非他們噴上一層綠漆。他也曾去過揚州研究瓊花；去曲阜找孔子手植的柏樹；也到過四川去找杜甫〈蜀相〉詩中「錦官城外柏森森」的柏樹，結果是一株也未找到。我對他說，故蘇城外司徒廟中有「清、奇、古、怪」四棵兩千年多的柏樹，你一定可以找得到。他說，他有空就去看。

最後我問他，今後有什麼計劃？他說，已開始研究《三國演義》中的植物；將來還要探討《水滸傳》和《儒林外史》中的植物。他的凌雲之志，豈是我能夠蠡測。我只能拭目以待。

真是不虛此行。我如果晚一天到墾丁，就見不到這位植物界的奇才，因為當晚他就回台北去公幹。我想：在我一生所認識的中、外人士中，很少有像他這樣地既富才情、又有一顆狂熱的心。

二〇〇七年八月十日

龜山的老人天堂

——台灣鄉土之旅（六）

現代人愈活愈長。很多國家的男女平均壽命已趨七十五到八十高齡。如果在六十歲就退休，以後的漫長歲月，如何度過？誰來照顧？據美國退休人協會的調查，百分之六十的大眾對將來退休後的生活，均感不安。

老人的安養，在當代許多人口老化、子女不多、工業發達的國家，衍生嚴重的社會問題。中國人在傳統上要克盡孝道。即使住屋小、工作忙，也不願將老人推出門外。父母也因情面關係、不是枯坐終日、就是勉力邦理家務、看護孫輩。彼此都犧牲自己的生活。反之，即使雙方都想得開，經濟上也有能力，問題在於：那裡去找一個理想的安養之所呢？這幾年來，為了未雨綢繆，我們也在科羅拉多及加州看了不少老人院、安養所等等，總是未盡人意。不是地方狹小、就是費用太高、或服務不佳。這次，在桃園的龜山，卻看到一個非常理想的場所。

這個稱為「養生文化村」的銀髮住宅區，是建在一塊三十四公頃（八十五英畝）的南向山坡上。大廈已有四、五幢，佔總面積四成左右，其餘都是蒼翠鬱茂的森林，間有寬整步道。地點幽靜、空氣新鮮，大環境確是理想。而且，交通便利，備有專車，到桃園二十分鐘、到台北四十五分鐘。距國際機場也不遠。

現在開放的只是一座大廈；有七百多個住房。住了約二百三十多人。這座大廈，設備新穎，合乎現代標準。住房更是設計得小巧、便利和安全。像是四星級旅館的套房、摩登醫院及小家庭的結合。客廳、臥房、浴室、小廚房、陽台，有的還有餐廳、貯藏間。設備有扶手欄扞、警急呼叫鈴、滅火器、防滑設置、行動察覺器、空氣調節器、免治馬桶、和節目及緊急廣播器等等。連沙發也特別為老人設計。麻雀雖小、五臟俱全。搬進去住，只要買一隻電視、一具洗衣機、衣被和日用品即可。

大樓的公共設施也應有盡有。電梯、洗手間很多，走道也寬，不會感到擁擠。樓內設有銀行、提款機、便利商店、庭園、大禮堂、會客室、地下停車場、公共洗衣室、理髮廳、麵食店等。最最出色的是這裡的活動中心，佔據了大樓的整個一層，有健身房、撞球室、乒乓室、閱覽室、電腦室、音樂舞蹈室、手工藝室、甚至有麻將室、股票室，另有佛堂及基督教堂。這些活動，有專人或義工來教，如書法、國畫、語文、電腦、棋藝、手工、舞蹈、太極拳、園藝等等。可以適合各式人等的活動和信仰。也可以相互奉獻經驗和專長，使晚年的生活，過得多采多姿！

餐廳有四大間，現在只用一間。每日三餐，均由營養師設計。菜式豐富、足供選擇。每週更換及預先公佈菜單。每餐時間為一個半小時，廣播音樂後，可以自由前往。不包飯者，也可自由前往選購食物。餐桌很多，進食時可以選伴、三三兩兩、各居一方，絕無吃大鍋飯的感覺。

最特別的是，每天早餐時有護士在場照顧。測血糖、驗血壓，如有人感到不適，即可協助就醫。大樓設有醫務所，有四個護士，一個護士長，日夜輪值。夜間在住房中發病，亦可按呼叫鈴看病。嚴重急診可以送往對門「護理之家」搶救，或逕送附近的長庚醫院治療。在保健方面，每年還可免費檢查全身。對老人而言，這種即時的醫療服務，至為重要。比起住在自己家中，小輩上班，急病時無人照料，要好得多！這裡的其他服務，迅捷可靠，也是一流。職員大都是大專程度的年輕人，經過特殊訓練。謙恭有禮、和藹可親。對住在這裡的人，多以伯伯、奶奶、爺爺相稱。使你覺得有大家庭的溫馨。

我詢問過住在這裡的一般人士，好像沒有一個不感到滿意。來住這裡的、有很多是教授、作家、外交人員、退役將領的本人或配偶。有人說這裡幾乎是「零缺點」；有人說：剛來時身體欠佳，不到半年就好起來。因為每天有有趣的活動，又不要燒飯、洗碗、帶孫子！也有人說：剛來時有個心結，總覺得子女不要她了。現在感到這裡比家還好，子女方面也很放心。我看到他們高高興興、優哉遊哉的樣子，覺得這真是一座老人天堂！

這個養生村對安全的要求也特別高。進大門、乘電梯、入住房，都要刷卡。不但訪客要登記出入，住在裡面的人外出和歸來，也要通報。如發覺現住人二十四小時沒有動靜，即會前來查訪。

此外，對這裡的打掃工、店員、理髮師等，都經事先挑選和登記。掛有名牌、以資識別。因此，沒有閒雜人等可以混入，安全無虞。

我也曾好奇地問過養生村的職員，你們有這麼多的空房，為什麼不大事宣傳、吸收更多的退休人員來住？他們回答說：我們的董事長說過，只開張了三年，不要急於擴大、先把服務做好。目標是要設立一個標準高、收費合理、養生所的典範！我聽說這位老闆以「回饋社會」為宗旨，要做到「老吾老以及人之老」為目標，不但現在每月還在貼錢，整個養生村還在繼續建設，要擴充到四千個住房。

時代在進步，我想國人的這種傳統，也該有所打破。如果經濟條件許可，讓老人和子女都能過一種獨立、自由、愉快的生活；不好嗎？

二〇〇七年八月四日

第四輯　環保

環保要深思熟慮各種因素

地球真的熱了

最近有不少報導，說是地球的氣溫在不斷上升。美國從一八八〇年左右開始記錄氣溫以來，最高溫的十個年度，都發生在一九九〇年以後。國際研究氣候變化的人士說，二十世紀是一千年來最熱的一個世紀。北冰洋和格林蘭（Greenland）的冰帽、冰山，近年來正在迅速消溶；南半球秘魯的冰川每年退縮二百米，為一九七八年時的四十倍。而今後氣溫還要增加華氏六到八度。照這樣下去，不但會造成氣候劇變，如颱風、豪雨、旱災頻甚，也會使海平面升高，沿海都市將要遭殃。像孟加拉國那樣，有一千七百萬人，居住在海拔不到三呎的陸地上，後果實不堪設想。

氣溫上升，都是「溫室氣體」（大部是二氧化碳）闖的禍，將熱壓蓋在地面。因此，要降低這種「溫室效應」必須減少氣體排放的總量。國際間「京都議定書」的產生，目的即在於此。這個議定書已在今年二月十六日生效，有一百四十一國參加。其中三十多個高度發展的國家，須在二〇一二年前，減少排氣量5％到8％。其他開發中的國家，可延到二〇一二後再實施。可是，美國不願參加，澳洲也不願。

美國不參加的理由是：目標不切實際，也乏科學根據。如中國大陸現時排出的氣體是世界的第二位，卻放在延後之列。美國如要在二〇一二年前減少7％排氣，會損失三千億美金，和五百萬個工作。布希總統的代替方案是加強研究氣候變化、和發展新科技來減少排氣。今後每年準備花五百億美金來達成目標。這種態度和做法，似嫌過份謹慎，但像我們台灣那樣，豪雨成災後不究真相，就想把山上居民全部遷到平地，又太草率了！

布希的堅持不參加，不是全無理由。有些科學家指出，全球氣候的變化，原因複雜，並非單一因子造成。例如，在一八八〇到一八九〇年間，美國颱風頻頻，那時工業還不太發達，不能怪到排氣。也有人指出，即使在史前也有大洪水發生。地球上的冷和熱，可能也有周期性，就是現在還不能證實。但無論如何，美國的不參加，很不得人心，尤其是環保界的人士深以為痛。

現在一般人的共識是：防患未然，比大禍臨頭再來補救，要好得多。英國有人研究，現在減少排氣，可能要花國內生產毛額（GNP）的1％，但泰晤士河只要發生一次巨大水災，損失會在GNP的2％（三百億英鎊），即增加一倍。

在電視上看到，我們台灣有一批大學生，赤身裸體抗議政府漠視「京都議定書」。方式不無可議之處，情卻可愿。只希望他們，除有熱心和嚷嚷外，還能多多研究新科技、新方法來減少排氣量和它的危害。例如研發替代能源（alternative energy），乾淨煤炭（clean coal），以及二氧化碳的吸收、儲藏、和處理等等。如有成果，則不但地球有救，人類也有福了！

二〇〇五年三月二十九日

拯救地球

一年一度的世界地球日（四月二十二），由於年來環保意識的高漲，今年過得更是轟轟烈烈。步行減碳、熄燈節電、種樹綠化、以及淨灘、回收等等，層出不窮。為了綠化家園、為了永續資源、為了子孫萬代，這是每個人在能力範圍內，都願意參與的事。

但當今世界上還有很多眼前的危機，如水源、能源、和糧食的匱乏，空氣的汙染等，要靠科技和創新來解決。最近美國的科學雜誌上，專家們提出不少方法來紓解危機、拯救地球。有些看來是異想天開，例如：吃昆蟲、喝汙水、改引擎、用核能等等，但說得有根有據、做得有聲有色。就看你能否接受這種新的思維？

近月來最引人注目、使全球感到切膚的問題，莫過糧荒和糧價。米、麥、玉蜀黍等價格，一、二年來已飆漲一倍，使全球突然增加了一億多饑民。在海地、索瑪利亞、埃及、墨西哥等十餘國家已引起動亂。這種被聯合國稱為「無聲的海嘯」的現象，方興未艾，波及大部份發展中的國家。並且在今後十年間，糧價將持續不下，因美國和巴西等大國將大面積農地，轉種生質油料

（biofuels）的作物。民以食為天，這個問題不解決，世界和平將受到嚴重的威脅。那末，要如何解決？

美國一本科學雜誌上有一建議：我們不妨吃蟲！諸如蚱蜢、蟋蟀、毛蟲等等。據調查，全球有一千四百種蟲，被人類吃過，且已有千百年歷史。蟲的蛋白質含量頗高（在25％左右），脂肪很少。人類需要的蛋白質可在昆蟲中取得，不必去吃豬、牛、雞肉。據聯合國報告，養畜事業釋放了全球18％的溫室氣體，比全球的車輛和飛機排出的還多，同時，還嚴重汙染水源。

紐約早已有一個俱樂部在認真推廣吃蟲。認為養蟲只需少量的水，而且合乎環保條件。非洲已有昆蟲的買賣市場。我想，我們中國人也早有吃蟲的傳統。如南方的蠶蛹，很是可口，我小時也常吃。北方也有吃蝗蟲者。至於昆蟲能否變為一般人的常餐？如煎蟲餅（Bug Burgers）之類，則不是一、二天就可以改變的？但不失為應急、救饑之道。

說到水的危機、尤其是飲用的水，全球約有十億的人口，沒有清潔的水可飲。而美國每年從馬桶中抽下去的水，就有二兆加侖之多。下水道中的汙水如加適當處理，可以飲用。技術並無問題，只是人們心理上有障礙，怎麼可以飲用呢？現今在加州的橙縣，已經有了解決之道。他們先將汙水，去掉或濾過雜質、細菌、農藥、臭味、及分解有機質等後，將之加入水庫，和其他的水混合，或補注入地下水源，再抽上來供人使用。其實處理過的水，早已合標準，只是難以為人接受。經過水庫及地下水源，間接供應，人們才能接納。即使如此，政府還花了不少時日、開了二千多次社區會議，才獲居民首肯。他們解決飲水的方法，現在已成為全國的模範。別的地方，可以倣行，但一般人要先驅除心理的障礙才行。

如何改善空氣汙染，也是環保上的一大課題。據說汙濁的空氣，造成每年全球八十萬人死亡，千百萬人生病。我個人的經驗，每次去中國大陸，幾乎都會氣喘，在平時及別處都不會。有一次從嘉興到蘇州途中，運河中的船隻大噴濃煙，公路上的大小車輛，及路旁工廠均在排放煙霧。天時未晚，卻已昏天黑地，能見度只有二十公尺，坐在門窗緊閉的車中，還聞到一股股濃厚的煙味。真是無奈得很！

要減少空氣汙染，方法和途徑眾多。此間科羅拉多州立大學，在這方面有一個小小的貢獻，卻可以大大地改進亞洲都市中的空氣品質。據大學機械系的研究，一輛小機車，配有汽油和機油兩沖程的引擎（two-stroke engine），排出的煙量，等於三十到五十輛轎車的總量。而亞洲有一億輛摩托車、三輪貨車、載客「托托車」，泰半用這類引擎，排氣量等於二十五億輛轎車的總量。為此，學校實驗室研發一種改良裝置，可以減少90％的排氣，增加30％的效率。不但有益環境，一輛車每年還可省卻美金六百元的油費。這種改良裝置現已在菲列賓、印度等開始推行，初期目標，有五十萬輛之多。減少汙染，造福大眾，盼能普及各地。

使用清潔的能源，是環保上的一大挑戰。發展風力、水力、太陽能、地熱等，全世界都在努力以赴。燃煤發電，的確衍生太多環保及健康上的問題。但最近有不少科學家，認為發展替代能源，不僅各有所限，且亦遠水救不得近火。以美國為例，能源部預估到二〇三〇年，電力需要增加50％。風力及太陽能發電，現僅供全美1％的電力。即使以二〇〇五年所需的能源來計算，太陽能的裝置面積，要涵蓋像德州那麼大才行。其他，如用水力發電，需要築大霸；用地熱發電，地區受限制。因此，他們的建議是回到用核能發電。

用核能發電？大家都談虎色變。誰願在自己的家鄉或後院設一座核能電廠？但據這些科學專家的解釋，現在的裝置要比三數十年前安全得多。而且美國現在已有一百多座核能廠，出問題的極少。這些廠年產癈料僅二千噸，可以再用，也可安全埋藏。比起現時五百多座燃煤電廠、一年產生一億噸的癈料，處理上容易得多。

可是，用核能的建議，社會上恐怕還會有許多意見，一時難以接受。是否要兩害取其輕？或是，應著重經濟發展還是著重環保？這些問題，在一個民主開放的社會，該聽聽大家的意見，由大眾來決定。

拯救地球，人人有責。我認為：嚷嚷無妨，可以提高警覺或想出更好的途徑。但要獲得成果，還要靠科學創新和找出實際的方法才行。

二〇〇八年五月十六日

環保：有這樣簡單嗎？

——用種樹、造林為例

地球發燒了！這一陣子，我們在潛意識中，好像聽到兩極的冰山在不斷地崩坍。尤其自從美國前副總統高爾（Al Gore）的現身說法以後，不但全世界的環保人士，大為興奮，社會上一般人士，也無不熱論紛紛。

從前，我每次在現場、或電視上看到，一批稚童和婦女在舉牌抗議，或大聲呼喊環保的種種，總覺得他們熱情可感。環保確是一件保護子孫萬代的偉業，做母親的哪有不關心下一代的生存環境？但茲事體大，並不像一般人想像中的那麼簡單。

最近美國總統候選人在電視上一字排開，抒發政見。當然，環保也是一個大題目。當中有一位候選人被問到：什麼是他個人在環保上的作為？他答稱：推動人們種樹、造林。言下頗為自得。但節目主持人，接下去沒有什麼反應；似乎覺得人人會種樹，了無新意。種樹、造林，以前都說是可以保持水土，有益環境。近十年來，又著重在樹木可以截存二氧化碳（carbon sequestration），可以減少溫室效應，減低地球的溫度。如果能夠行之有效，對環保上大有好處。

問題在於：這樣才能行之有效？有人建議說：每人種一棵樹，就好了！這個建議和外國人到中國來推銷產品、認為只要一個人買一件即可致富的想法一般、天真可笑。試想，我們有植樹節以來，將屆百年，種的樹現在在那裡？成林了沒有？

我曾在很多發展中的國家推行造林、水土保持工作。覺得因社會、經濟、土地、文化等等因素，種樹或造林，要有成果，並不簡單。農民只憑了幾分地養活全家，豈肯將生產糧食之地、改種樹木？即使有些空閒之地，樹木的收益也要等上十五、六年到二十年；中間還需除草、割藤等撫育費用，誰願長期投資？這類小農或貧農往往佔國家人口的百分之七、八十，他們不會為了環保而造林。至於政府在公地上的造林，則常受放牧、濫墾、火燒、病蟲之害。許多地方，都是「年年種樹，無日成林」。如果社會經濟等問題不同時解決，奢言造林，不會有甚效果。

造林要選地選種，而且要妥善保護。一旦遭受火災，則以前吸取的二氧化碳，變本加利的釋放到空中，反而加劇了溫室效應。造林如果用單一樹種，也會導致火災及病蟲害的危險度。至於用錯了深根和耗水的樹種，在溪邊、水源地、乾旱之區造林，常會減少溪流。一般而言，森林的耗水量很大，美國的林業試驗機構早有實驗證明。因此，在有些缺水地區，造林對水資源的利與害，應仔細衡量，不可一廂情願。有很多人以為造林可以增加雨量，這也是臆測之詞，還未經科學證實。降雨、降雪，大多是靠海洋、水面蒸發和大氣、氣流的關係，和當地、局部的森林，沒有太大的關連。

或說：造林可以防止土壤沖蝕。不錯，但也要看樹種和造林的方法。有些樹種，在林下寸草不生，地面上缺乏庇護。一旦遇有大雨，土壤還是會被沖蝕掉。我也曾看到很多原來的草生坡地，因要造林而焚燒或清除一淨。土壤露裸，雨季一到，樹苗還未種下，表土已經流失。未見造林之利，先得其害：這些樹苗要長成具有保護性的樹冠，至少還須三、四年——這塊土地，還要受好幾年的風雨摧殘，才能安定得下來。其實，在很多熱帶或亞熱帶地區，自然演進（natural succession）速度很快，只要不受放牧、濫墾之害，不數年也會長出一片天然叢林。何須人工造林？

種樹、造林，有益環保，我當然贊成，這也是我的興趣和年輕時的職責所在。但從我區區的一點經驗看來，此事並不簡單，只有熱誠、沒有方法，並不能得到預期的效益。究竟，環保不是嚷嚷就可以得到結果的！

二〇〇七年五月二十六日

環保：有這麼複雜嗎？
——用乙醇替代汽油為例

最近汽油飛漲，全球怨聲「載道」。產油國直接間接抽緊每個人的脖子，勒索每個人的口袋。社會上要求乙醇（Ethanol，俗稱酒精）替代汽油的呼聲，塵喧日上。一般環保人士，認為用乙醇既可使能源趨於獨立，不要開挖石油，又能減少空氣汙染、改低溫室效應，何樂不為？

但事實並不如想像那麼簡單。生產乙醇的原料、技術、運輸、甚至環保效益、社會成本等等，各方還有很多爭議。難怪有些環保領袖覺得此事棘手，要仔細研究、衡量得失才對！

美國用玉蜀黍製造乙醇，已行之有年。加油站的汽油中，含有10％左右乙醇的各種等級，可憑選擇。但現在政府要大事推行，目標要將乙醇增加到85％。因此，近來玉蜀黍的價格漲至一倍以上。以此為飼料的養牛、養豬、養雞的成本大增；肉價、蛋價隨之高漲。不但如此，玉蜀黍也是主食、早餐、以及冷飲、啤酒、糖果等的原料，這些食品的漲價，影響民生至鉅。例如，墨西哥人以玉蜀黍餅（tortillas）為主食，最近已因漲價而發生暴動。

美國已建立了一百多座乙醇廠，在新建中的還有八十餘座。去年產乙醇四十九億加侖，將來要增產到八至十倍，才能嘉惠經濟及環保。因此，種玉蜀黍的面積，也要大行增加，據說要擴充到一億英畝（佔農地的八分之一）。這樣的擴張，造成兩種後果：第一、在經濟上，其他的作物如大豆、小麥、棉花等等的面積減少、產量減低。對這些作物的價格、銷售、出口等等有一定的改變及影響。第二、在環保上，政府每年花十多億推動的「休耕農地」將重被墾植。水土流失必定增加；更因多用化肥、殺蟲劑等，水資源的汙染，也將嚴重。

用玉蜀黍製乙醇，雖已具有相當技術和經驗，但是現在要用相當三加侖乙醇的動能、才能得到四加崙的產品。因此，原料及製造技術等還須改進，以增加生產效率、改低成本。將來用的原料，也可能改為纖維作物、草類、木片等等。使邊際土地及廢料可得充分利用。但這方面的技術，也不能一蹴而幾，還須假以時日。在汽車引擎方面，現在只可用10%左右乙醇的汽油。如乙醇佔到85%，汽車還要改造，技術應無問題，但要費時、費錢。政府估計，至少還要等很多年，才有一半的新車輛可用這類新燃料。

乙醇會侵蝕輸油的管子；而且和氣油的產地或來源不同。因此，在運輸方面，不能使用現有輸油系統。必須改用運費較高的卡車或火車。這也要花費不少能源，增加成本。而且，加油站的改進和增加，也會所費不貲。

至於乙醇燃燒後所排出氣體，在環保上是否比汽油為好？這個問題，現在還有爭論。一說，用乙醇可減少排出一氧化碳，至少比用汽油為好。也有人說，對氣溫暖化而言，會好一點。另有專家卻說：也好不了多少。

不論用玉蜀黍、草類、或像巴西那樣用甘蔗為原料，都需大面積的農地來支持生產。在土地資原狹小或有限的國家，想用這方面來替代能源，問題將更為複雜！

從上面的種種看來，環保的確是一樁複雜的事。我們平常老百姓，能夠日常節省些能源、沒有必要時少開些車子、或將來換車時考慮用省油車，就算是盡了我們的本分了。

二〇〇七年六月十二日

水災：我的親身經歷和認知

台灣最近連遭卡玫基及鳳凰兩大颱風襲擊，帶來了狂風豪雨，中南部及東部先後受災嚴重。電視上的水淹土埋鏡頭，使人觸目驚心。美國月前密西西比河一帶的水災，廣及沿河數州，房地沖毀，也是慘不忍睹。又，緬甸的水患、大陸中南部的洪水、以及最近羅馬尼亞、德國、烏克蘭等處的大水，都使人覺得世界各地，雨量是愈來愈大；水災是愈演愈烈。有人說，這是地球暖化的關係，誰能說不是呢？

談水色變，因我也親身經歷過。一九六二年，我第一次去美進修回台不久，遭到一次大颱風。當時我家還在台北縣的永和鎮，在頂溪國校附近。因中正橋下新店溪的暴漲，殃及我家。等看到院中積水高過兩尺的洋台時，已知劫數難逃。趕快將床、傢俱、碗盤等架高。哪知水漲得太快，有些文件、書籍、詩刊等已搶救不及、任之隨波逐流。余光中在〈書齋。書災〉一文中曾描述此事：「待風息水退後，乃發現地板上，廚房裡，廁所中，狗屋頂……，舉目皆是〈藍星〉」。因不久前我編印《藍星詩頁》，在家裡存放不少。

到了傍晚，水將及腰，那時家中沒有電話，呼救無門；也沒有橡皮艇來營救。天漸昏暗，好似末日來臨，真不知如何是好？幸虧我太太說：不要緊，照去年你不在家時、那次颱風的經驗，全家可以爬上天花板，躲到屋架上即可！我後來注視到水漲的速度已減緩，猜想洪峰將過，也就安心地爬上去了，但徹夜未眠。

翌日，水是退了，滿屋泥漿，清掃工作卻要立即開始。虧得那時住房小、傢俱少、年紀又輕，一天半日，也就搞定。但文件、書籍和照片等則無法復元，只好忍痛割捨。後來，每次聽到有颱風，總是心有餘悸，直到堤防修築完成後才放下了心。我記得在那次水災以後，我還寫了一篇專文介紹美國的防洪治水方法，在〈中央日報〉發表。我的朋友和同事，則取笑我說：剛剛回國的水土保持專家，連自已的家也保不住！使我啼笑皆非。

早年在台灣，一遇到水災，社會上就指責，這是濫伐森林的結果。我認為，這種指控，並非全部基於事實。以我受災的新店溪為例，上游的南勢溪和北勢溪有很多保安林，也沒有什麼林場在大肆砍伐。但颱風時，還是發大水。主要是雨大、坡陡、土薄的關係。台灣全島的山區大致如此。試想，如果將兩、三尺深的雨水在短時間內傾倒在一塊山坡上，土壤如何能全部接納下來？我在聯合國任職時，於一九八〇年夏回台度假，遇上諾瑞斯颱風，為台灣中部帶來二十四小時三百九十公釐（約十六英寸）的大雨。我就去林業試驗所中部的一個分所，取得他們的試驗記錄。一個是從天然林區、一個是從皆伐區（當時已長有些植物）。比較結果，兩區的洪峰及流量，幾乎沒有分別，兩區都流出近八成的降水量。換言之，能截留和保蓄的水分，每區僅在兩成左右。雖然，這個數字是產生在那種自然環境下，但確有參考價值，因這種試驗資料，全世界都很缺乏。後來，我和此間大學的台灣博士生，共同發表了一篇專文，報導及分析比事。最近，聯合國及國際森林研究中心對森林防洪功效，展開熱烈討論，我將這個試驗數據送去，並告訴他們。森林對特大雨量的防洪功能，確有其限度。

台灣禁止砍伐森林以後，社會上每遇水災或土石流，即遷怒到山地開墾及農業。這也不全然正確。不合理的坡地農耕，會增加土壤沖蝕及地表水流，即所謂「人為沖蝕」，這可用水土保持方法來紓解。但台灣的「自然沖蝕」或「地質沖蝕」，異常劇烈；由於豪雨、地震、陡坡、地質疏鬆、溪流短急等因素造成。政府半世紀來花了千、百億、築了無數攔沙壩、防坍、及溪流工程，即是為此。一九五九年八七水災時，彰化社頭鄉的許厝寮，被土石流埋沒全村，死亡六、七十人，我奉農復會之命前往勘查；一九六三年葛樂禮大颱風過後，石門水庫上游發生數百處山崩，我也領隊前往調查兩星期。在兩處調查都發現、主要肇因是雨量、溪流、及一部份道路的關係，極少數是由於耕作造成。據我所知，台灣溪流的上游集水區，林木覆蓋常在百分之八、九十上下，農耕面積不大，有則多為果樹、茶樹等中長期作物，不需全面清耕，保持相當程度的覆蓋。如予適當管理，其沖蝕程度，應該不會比溪流及道路為大。我記得，幾年前在一次颱風以後，政府高層有廢止山地農業、遷移山區數十萬人民往國外之議，海內外有識之士，聞之無不側目。

此次台灣在卡玫基颱風過後，社會上的矛頭好像又轉向氣象局。說他們忽略了豪雨的預警，要求他們今後要精確地預報雨量。總要有一個替罪羔羊嘛！我不知道，世界上有沒有可以正確預測雨量的技術？我曾經寫過一首諧詩〈氣象家〉，用老天爺的口吻向氣象家說：「你有你的儀器，我有我的脾氣。」借幽默來表達我的意見。一般老百姓本不易辨別大雨、豪雨、或超大豪雨的確切雨量，今後，即使預告雨量，還是不易預知淹水會到什麼程度？因為下雨的強度（單位時間內的雨量）、下游的排水、所在的位置地形等均和災害程度息息相關。預告雨量也有一種危險，如果雨下得多了，氣象局照樣會挨罵；下得比預測少，則如狼來了！而且，所有費時、費力、費錢的防災及撤離工作，以及停工、停課等的社會成本，實在太大了！

每次發生水災以後，社會上難免會情緒化，甚至政治化。其實，洪水豈能全然避免？科學證明，在有人類以前，已經有洪水。洪水的形成，原因很多。如長期下雨、短期內超大豪雨，高溫雪融等等，一旦土埌難以蓄水，溪流難以容納，即發生洪水。如果防治得好，人命可以不喪失，其他的災害也可減到最低程度。這不但是森林、水利、水土保持工作者的職責，也需上游、下游、政府及老百姓的全力配合，法令及實踐的周全，標本皆治，才能生效。台灣在傳統上，一條溪的上游、中游和下游分由三、數個機構主管，在協調上難免不生問題。又，很多住宅和工廠與水爭地、建在河道及洪水平原之上；很多老百姓又任意將溪流阻塞、或亂挖亂堆，哪能不加重災害？總之，我們要想全然減免這種天災，不但在設計及技術上會有困難（現在更因地球暖化的關係）；在經濟上也難以負擔。水災的防治是一種長期的工作，是全民的挑戰，不能僅靠政府。更不要以為明天太陽出來以後，就可以忘得一乾二盡、就可以高枕無憂了！

二〇〇八年八月八日

風前，雨後

——一個水土保持工作者看八八水災

我一向關注台灣的颱風及水災。在台時，曾參加過五十年前八七水災的救災工作，以及其後幾次大颱風的崩山、坍方調查研究。到了聯合國服務十七年；以及在科羅拉多州立大學執教十年，都離不開水土保持。這是我的職志，不管我在世界那個角落，不管是否在工作，或已退休，我都對這個島上的災害，有切膚之感。去年八月，我曾在《世界日報》及《中華日報》發表過一篇有關水災的文章，其中除淺釋水災的原因外，還提到「每次發生水災以後，社會上難免會情緒化，甚至政治化。」又說：「水災的防治是一種長期的工作，是全民的挑戰，不能僅靠政府。」

四年前，我去台灣，有機會去拜訪農委會的水土保持局，並參觀他們的水災及土石流的監視和預警制度。資訊的傳遞已全部電腦化，即時化。他們用雨量、地形等因素預測土石流的危險程度，從而訂定預警等級。我也到野外去看過他們的監視系統，也非常機動和先進。可以說是世界一流。我當時只提出一個問題：「當你們發佈土石流紅色警戒，要村民撤離時，他們會照辦嗎？」這個問題，在場的好像沒有一個人能給予滿意的答復！

今夏莫拉克颱風來前，我在此間的電視上看到兩則消息。第一是說，台灣南部的曾文水庫及北部的石門水庫，已經乾旱得水位降到了警戒線，如果八月沒有颱風，農田及家庭用水都將受到限制。那時大家多麼渴望颱風的早日來臨！第二個消息則說：新竹有一個山區，去年颱風時被沖毀的路和橋，到現在還未修復，老百姓出入不便又危險。今年颱風季節將臨，鄉民們真不知所措。

看到後一則消息，我當時就有一個想法。為什麼這種救災工程做得這麼緩慢呢？我早年在台灣的政府部門做過事，以我的經驗，問題出在行政及會計制度，都是「不信任人的制度」，防弊未必，牽制則比比皆是。例如，我出差一次，先後要蓋六十個圖章，最後才拿到一點差費。後來，我在中、美合作的農復會工作，只要簽四、五個字就夠了！一位在政府試驗所的美國客卿曾對我說：請購一隻燈炮，竟要等六個月才領到。真是信不信由你了！前一陣，劉兆玄院長很氣惱，因有一件重要公文，在中央和地方之間竟旅行了一年之多。我正在懷疑這種牛步化的等因奉此迄今還存在時，電視上卻播出，中央發放的十億救災金到了縣政府很久，受災的鄉公所連災民的便當錢都發不出，原因是縣府一定要等鄉公所將公文呈上來，經過批准才行。這不是制度的問題嗎？

《世界日報》從月前起就在徵文，題目是〈假如我是〉。我在颱風之前，就要想寫一篇：〈假如我是行政院長〉。根據上述想法，要舉證並建議兩大項目。第一是救災如救火，應在行政院成立一個專責機構，倣照美國救災總署（FEMA）的成例，平時演練救災、包括大眾撤離、緊急救護等等。災害發生時可以第一時間到達，不必有勞院長及總統立即親臨。台灣每年平均有三、數次颱風登陸，現因全球暖化、氣侯變異，災害會增多、增大。台灣還有地震之災，這種專責機構不會無事可做。如果，因財政困難，現在不宜多設部級機構，則至少可以成立一個直屬救災工程處，調集工程、會計、事務人員，會同地方需要，直接辦理道路、橋樑、學校等設計、編列預算、施工、或招標等。不要讓人員缺乏的鄉鎮去做這些工作：層層審核、退退送送，枉費時日。第二個建議是大刀闊斧地改革及簡化行政、文書、會計等現行制度。採取多信任人、少官僚化的政策。從前農復會的行政效率，不但是全台最高的，也是全世界美援機構的表率。而且，不論是大小職員；中外人士，一律平等。不必唯唯諾諾，每個人都可以發揮專長和技能，做事負責而快捷。政府不妨對此詳加研究，作為改革的借鑑。現在，我將上述這篇未竟之文的主意，併入此文。

這次水災，台灣受創極鉅，我們也早晚都看台灣的電視節目，對輿論也多注意。有一件事，使我感到欣慰，即是社會上大多能夠認同，這次是天災，是雨量太大的關係。不像以前那種公式化的指責——這都是伐木和開墾之罪。人為的因素雖有若干，但不是主要的肇因。這次二十四小時的雨量，打破了以往的紀錄。台灣一年的平均雨量，在二、三天內落下，試想，六、七尺的水，全面倒下來，任你有最好的森林，最佳的水土保持設置，也不能阻止其往下沖瀉，不能擋住水流挾帶的巨量泥砂。這是「自然沖蝕」、或稱「地質沖蝕」的結果。一九八〇年的諾瑞斯颱風，在台灣中部的二十四小時雨量是三九〇公釐（約十六寸），林業試驗所在中部的天然林試驗區，測出流水量高達降雨量的八成。這一次雨量是六、七尺，流量的成數當會大大地增高，我們從溪流的擴大數倍，以及漂流木的阻塞港灣，可以獲得最好的證明。

這次水災發生前，水土保持局確發佈過土石流預警，具紅色警戒的有五百十九條溪流之多。當時，有多少居民願意撤離？多少猶豫不決？多少加以拒絕？現在還無統計，將來應好好調查及檢討，以明責任。甲仙鄉、小林村的預警，在八月七日晚已經發出，並已確認接到，據說，土石流的掩埋是在九日早晨開始，則預警不算太晚。台大有一位教授在災害討論會上曾說，幸虧有這種預警制度，在很多村落救了不少性命，應是公正之論。我在電視上看到滾滾土石，的確奔騰太快，撤離與否？生死可能就在須臾之間決定。

至於政府的救災速度遭人非議。主要還是因通訊受阻；道路寸斷；空中救援的直昇機不足；受災村落眾多、一時無法顧全；以及發動軍中救援要層層核准所致。如果設有一個救災專設機構，平時多加演練，就可以駕輕就熟、快捷得多了！我也參加過救災工作，深深同情災民一時控制不往的感情，但痛定思痛，盼山區住民今後能多多配合政府。我也知道救災需要比平時更高一層的效率，現在中央已決定撥出一千億新台幣來做重建，成效及速度如何？事先不必瞎爭，且讓我們拭目以待！

二〇〇九年九月五日

水，另一個危機

水，水，到處是水（Water, water, every where）。在大眾的心目中，水是取之不盡，用之不竭的資源。尤其在多雨的地帶，只怕水太多，不怕雨太少。但最近聯合國卻向全球提出警告：很多國家已面臨水荒，因而會引起爭執，影響和平。並認為這是繼「地球變暖」以來，威脅人類的另一個危機。聯合國祕書長進一步指出，全世界有四十六個國家的二十七億人民，因缺水而處在高衝突、高危險的地區。另有五十六個國家的十二億人民，也陷入此種危機。他甚至說：需要水的地方卻往往找到武器（Too often, where we need water we find guns instead）。在今年秋天，聯合國要召開全球高層會議，專門討論應對之道。

不久以前，國際間也曾有過一篇報導稱：全世界有40％的人口，已受到無水可用的威脅。今後由於人口激增、氣候改變、生活水準提高，此種威脅，將與日俱增到爆發的程度。因此，有人已創造了一個新名詞，稱之為「水的戰爭」（Water War）；也有人強調為：「水的世界大戰」（World Water War）。

因缺水、水荒而引起的爭執、兵災、百姓逃離或受苦的國家和地區，有中東的以色列、巴勒斯坦一帶；非洲的蘇旦、索馬利亞、查德；以及印度洋的錫蘭；加勒比海的海地；中美洲的哥倫比亞等處。這些都是比較顯著的例子。其實，像中國大陸北方的缺水，黃河近年的斷流；印度有些地區地下水的急速低降；美國西部用水的緊張和爭執；以及許多國際河流、上游築壩或引水，下游不滿和抗爭等等，雖然時有所聞，大家好像已不覺得是什麼大新聞。美國幽默作家馬克士溫早就說過這樣的話：威士忌是喝的，水是要奪取的（Whisky is for drinking, water is for fighting over.）

中國人說「開源節流」。對水來說，這恐怕是放諸四海皆準的最高原則。如何去開發和維護水資源，常屬政府及技術層面的事。我們老百姓，應在節流方面，多多考量和配合。據美國新聞週刊的報導，以每人每天平均用水量而言，在非洲的莫三鼻克國是十公升，中國大陸是八十七公升，美國是五百七十三公升。據說台灣的用水量是每人每天二百九十一公升。依國際合理標準二百五十公升來衡量，已超過四十一公升。因此，有識之士已發出警告，說一年會浪費掉一個半石門水庫！台灣每年平均有三、四次颱風登陸，會帶來不少雨量，將來一旦氣侯改變，幾年沒有颱風，水庫都將枯竭。無田可種、無水可喝、大家都會受不了。

節流要從每個人做起，省水是一種習慣或教養。往往心存一點警覺，做一點小小的動作，如隨手關水龍頭等等，積少成多，可以發揮天大的效用。除個人外，供水的機構也要在平時讓大眾了解水資源的寶貴，不要只管收費就了事，也不可以到水荒時才急呼節水。例如，我住的這個小城，每月送水費單來時，一定附一份通訊。不時解說水源狀況、引水及處理設施、水質檢驗結果、成本等等。同時，還讓用戶知道一年來每個月的用水量，使你有所警惕。在夏天用水旺季時，他們還會免費來測定用水情形，防止浪費。有一次，我發覺上月的用水特別多，經過連絡，他們就派兩個專人來測驗家中的水管、馬桶、草坪自動噴水器等有無問題。後來發現是埋在地下的噴水管漏水，教我們儘快修理。不但如比，他們還測估草地適當噴水量，建議每一站的噴水時間，以達到有效和省水的目的。我在不少國家的大城小鎮都住過（包括台北），每月只見送收費單來要錢；很多公共給水之處，水管破損、龍頭漏水，到處可見，卻無人關心和料理。

水的問題，除水量以外，當然還有水質。水源地及河流、湖泊受到汙染的情形，日益嚴重。這雖是大家都知道和關切的問題，但一般河流、湖泊的整治和澄清工作都要花上十年、二十年才能有成果。因為牽涉的層面太廣，這和住家的汙水處理、工廠的廢水問題、政府的經費和決心，以及大眾的教育等等有關，不能一蹴而幾。我在中國大陸及台灣旅行時，常見到溪溝中塞滿垃圾，河水的顏色由綠變紅、且浮有大量氣泡。一方面覺得國人太缺乏公德心，及大眾教育；一方面我為那裡的居民擔憂，這樣的水，如何可用可飲？

說到飲水，這是一般人最關切的問題，據世界衛生組織的報導，全世界到了二十一世紀的今天，還有20％的人口、約十多億人，沒有清潔的水可飲。今日有水可飲者，卻還在任意浪費或汙染水源。英國浪漫詩人柯立奇的這一行詩：「水，水，到處是水」的下一句，是「沒有一滴水可飲」（Nor any drop to drink），假如真的到了這一個地步，什麼人都會拼命，這世界就要大亂了！

二〇〇八年三月二十五日

開創泉源

最近，在此間科羅拉多大學的一本雜誌上，登出一篇題為〈開創泉源〉的專文。其中有一張照片，顯示了一朵新起的水泥牆、裝有六個水龍頭，正在灌注六隻塑膠大水甕，紅黃藍綠均有。看起來只是普通的盛水而已，但其中卻大有文章。

這是在中美洲、薩爾瓦多國的一個小村莊。百年來，居民都要去溪邊取水，上坡、下坡、來回要花一小時。而且，盛滿水後要將重達五十五磅（二十五公斤）的水甕，頂在頭上走路回家；一天還要走好幾回，才能敷用。取回的水，常因質地太差，造成疾病。在長達半年的旱季，每天每家只限制取水十二加侖（約五十公升），洗濯、飲水、煮食等全賴於此。不像美國那樣、平均每家每天要用水四百加侖，其中30％還是用在草地上！

為了改善他們的用水，這個大學工學院的學生和教授們特地向社會募款，並在寒暑假前往做義工。他們和村民合作，為這個村莊找到新的泉源、裝置抽水馬達、設立淨水池、舖設輸水管等；並在村的中心，建立了這座公共取水牆。全部直接成本，只有數千美金。在短短兩年之間，解決了百年來的困擾和難題。開張之日，村民的歡欣和感激，可以想見。在他們的心目中，這座水牆要比羅馬有名的噴泉，還要壯觀！

我在聯合國服務時，曾於一九七五到七七年間，被派駐在薩爾瓦多兩年。因職務上需要，經常出差鄉下。大部份是泥牆草頂的農舍、和百孔不平的道路。見到婦女們早上去溪邊洗衣、頂著水甕回家燒飯；下午又拖兒攜女去山上拾柴，生活非常艱苦。那時農村的一般工資還不到美金一元一天。我們所推行的工作，主要是為防止土壤沖蝕（如作山邊溝、階段）、造林和種草等，以保護水源地、減少水庫淤泥。但農民太窮、耕地又小，不易推行。我當時主張要給農民補貼，可是那時是軍人主政，不願意給錢。我說：你們對咖啡和棉花等大地主都有補助，卻要求小農投入勞力和犧牲耕地來保護水源，這樣公平嗎？而且，保護水庫，主要是為城市居民供水、供電；農民在上游地區，得不到什麼好處。我記得有一次，還警告他們說：你們如果不幫助貧農，將來他們會起來革你們的命！

果然，不幸而被我言中。待我離開三年後，薩爾瓦多就爆發了內戰，歷經十二年，犧牲了七、八萬寶貴的生命，到了一九九二年才恢復了和平。現在，已享有十多年太平的歲月，還有一個民選的政府。但看了這篇報導上的照片，真想不到，在我離開三十年以後，這種頭上頂水的現象，還在鄉村普遍存在。農村建設和農民生活還沒有什麼改善。據世界銀行的報告，薩國還有35%的人口，掙扎在貧窮線下；還有一百數十萬人沒有清潔可靠的供水。

薩國的政府也許還很窮困、或另有優先，如發展工業之類。和很多第三世界的國家一樣，往往把農村的建設和農民生活，放在發展計劃的最後。不像我們台灣，先發展農村，奠定基礎，再發展工業。我數了一下、駐在薩國的外援機構，除聯合國外，還有美、加、及歐州諸國的辦事處四十多個。他們怎能無睹於這種人民的基本需要？還要由一群千里以外的大學生去幫助解決，真是匪夷所思！

也許，此間的大學師生，用的是一種簡單實用的所謂「適度技術」（Appropriate Technology），來解決問題。他們只將水源引到村莊中心，由村民去取；並非將水送入每個家庭。這樣低成本的設施，和人事費用，比起外援機構成立計劃的傳統方式、和大張旗鼓的作法，要經濟有效得多了！

薩爾瓦多和台灣相似，地狹人多，資源有限，但居民都十分勤奮、友善。我和他們還保持聯繫。我知道：薩國一般老百姓，經過長期戰亂以後，都亟盼經濟繁榮、和生活的改善，對政治上的紛爭，早已十分厭倦。水是生命（Water is life），對這個村莊的居民來說，有水可用，遠比政治高調、民主畫餅，要實惠、有用得多了！

二〇〇七年十二月二十五日

我們能吃什麼？

四十年前，我發表過一篇〈牛奶和陽光〉的文章，收在我第一本散文集《落磯山下》內。其中有一段大意如下：我們現在吃肉怕肥，吃魚怕原子塵，吃蔬菜怕農藥、怕蛔蟲，雞蛋吃多了怕膽不好，鮮奶則怕消毒不全，雞鴨又怕荷包不爭氣。因此，祇好吃口白飯了！

過了四十年，來重溫上面的一段，覺得並不誇大；食物的不安全，於今為烈。食肉不但怕肥，還怕吃到死豬和瘋牛肉。吃魚則怕水銀含量太高。蔬菜上殘留的農藥，在有些地區比以前更多、更廣泛。雞蛋也不敢多吃，怕的是膽固醇太高。牛奶和奶粉有假、有毒，危害健康。雞鴨則怕禽流感。至於白飯呢！現在有很多人也不敢多吃。當今流行低碳水化合物（low carb）的食物。剩下來，我們還能吃什麼呢？

近年來，大陸和台灣傳出來的壞消息，更使人不安。金針菜含有致癌的色素；瓜子有毒；加工食品如蜜餞、肉鬆、香腸中也有致癌的亞硝酸鹽，後者還可能混有其他肉類。大螃蟹據說是用死狗、死豬肉和生長素飼養；火鍋中加入鴉片；最近又傳出在辣油、辣醬、辣醬油、辣蘿蔔中加入蘇丹紅等等。最不可思議的是從舊皮鞋中提煉人造蛋白，加香精和水，製造假鮮奶傾銷，其中含有多種毒素，有害大腦。總之，商人沒有道德，為了賺錢，不管他人死活。政府監督、管制、和查驗不嚴。消費者只要便宜。這是多方面造成的結果。芸芸眾生要如何選食？只能各憑運氣。

世界衛生組織，在今年三月也公佈了十大垃圾食物，包括油炸、醃製食品，速食、香腸、肉乾、蜜餞、雪糕、和餅乾等等。因為這些食物含高脂、高鹽、高糖、高防腐劑，會導致肝、腎等負擔過重，破壞體內蛋白質和維他命等，有損健康，應盡量避免食用。讀到此節新聞，加上以上的消息，覺得我們的正餐、小吃、以及閒食或零嘴，好像都出了問題。不禁要問：我們究竟能吃什麼？

我在千禧年時，曾寫過一篇臆測未來的文章，說是人類將來可以發明一種可口營養的填充食物，吃到胃裡，不會消化掉，不會飢餓，一年半載，才調換一次；養份則可用液體和藥丸補充。如果真有這樣的一天，我們就可免去吃什麼的煩惱。這種夢想，也許在本世紀末即可實現。我們不是早已有「加補或功能食物」（fortified or functional food）了嗎？，如早上吃的乾穀片（cereals）中加上維他命；橘子水裡加上鈣；巧克力和乾餅裡加上快速營養料，變成增加體能的食物（energy and nutrition bars）。後者為運動和健身者所鍾愛，美國的銷售額，每年已達十二億美元之多，可見廣受歡迎。最近又有所謂「超級食物」（super food）的出現，要在加工的食品中，加上魚油（Omega-3）等，以預防心臟病。照這樣發展下去，總有一天，我們只要吃一、二種食物，就可得到所需的營養，又能預防疾病。到時，我們不需再問：能吃什麼了？

二〇〇五年四月十四日

另一種革命

從大陸旅遊回來的親友，言談之間，沒有不抱怨那邊的廁所的；但很少訴諸文字。我前年從大陸返此後，曾寫過一節，放在〈江南之遊——出門趣事多〉的首段，描述在餐廳忽感肚痛，被邀入單間女廁所，發現既要蹲踞、又無草紙等窘狀，乃是此生第一遭。又遇到有一次，要一手撐傘才能入廁方便，感到發展觀光，應先革新廁所等等。這一節在報上發表時，全被割愛，大概是不登大雅之堂的緣故。

近來，大家對此不登大雅的問題，忽然熱烈地報導起來。據報載，天津提出「廁所革命」，要在三年之內將一百萬座公廁，改為沖水馬桶型；上海近來特設有「尋廁114專線」，並具多種語言功能，以利老外的內急之需。香港則更上層樓，打造了一隻世界上最貴的純金馬桶，不悉是炫燿、還是引人重視？我在報上看到法國路易十五的廁所，也沒有如此堂皇。但最最引人注目的，是在十一月中旬在北京召開的「世界廁所高層會議」，據此間新聞報導，說有十九國、一千多人參加，除討論廁所設計、公共衛生、和投資等問題外，會後還要分組到全國去參觀。我不知道這些

「逐臭之夫」要看什麼項目？因此，好奇地找到他們的行程：包括西安兵馬俑、桂林山水、杭州西湖、蘇州庭園、以及拉薩宮殿等。看不出他們有什麼隱密節目（hidden agenda），會去品評全國廁所的等級！但我從相關的資料中卻得知，世界上已成立廁所的常設機構，並訂每年十一月十九日為世界廁所日，煞是有趣。

電視上我又看到一個外國人在說：每天我們有三樁重要的事要做：那就是吃、喝、上廁所，我們不能忽視後者云云。有一個統計稱，人的一生，平均要花三年時間在廁所中。我想，吾國幾千年來的傳統，對此不登大雅的題目，無人會去討論，更不會去研究改良。如果沒有西方文明，我們每天還是在倒馬桶、或蹲坑呢！

其實，廁所不全是不登大雅。據說，歐陽修的文思，得之於「三上」：即馬上、枕上、和廁上。最近德國考古學家發現，馬丁路德是坐在石廁上，想出改革宗教的「九十五條論綱」。我們也常從廁上得到靈感，只是不公開、不好啟齒而已！我在牙買加時認識一位英國心理醫生。在他家的偌大的花園盡頭，按有一具白磁抽水馬桶。凡是訪客，一進園門，即可看到這個鏡頭。據說，這是用來測驗訪者的反應。有人會好奇地發問；有人會去一探究竟；有人則視而不見；也有人見到卻不聞不問。世界上大概也只有這四種人！馬桶有此功用，妙哉！

登不登大雅、廁所已是現代社會的一個重要課題，事關公共衛生和觀光大業。一個國家的文明程度，在此可以一覽無遺。下一次你去大陸各地旅遊時，可以考查一下，革命有否成功？說不定到那時、導遊會拿出一張「五星級廁所分佈圖」來給你，作為不時之需。

二〇〇四年十二月十六日

魚和熊掌：可以兼得嗎？

——一樁環保上的大爭執

今春在此間大學的學術會議上，遇到一位一九六一年讀研究所時的同班同學。他曾是奧立岡州州立大學的林學院院長，退休以後，還活耀於當地的資源保育工作。他談起美國西北部有一個最大、最複雜的生態環保問題：即是鮭魚和水霸之爭。這是一個爭執很久，迄今尚未獲到圓滿解決的難題、發生在哥倫比亞河的流域。這個流域涵蓋了西北部好幾個州，農產豐富，工業發達，築有一系列的水壩、水力發電為世界之冠。他說，多年來，各方對此爭論沸沸揚揚，政府投資動輒億萬，但鮮有結果。這確是一個耐人深思、值得探討的環保上的課題。

這個問題，電視上最近也在播出。值得警惕的是那邊的鮭魚，原是美國主要產地之一，現在已面臨滅絕，被政府宣告為「魚類受災區」，捕魚業都因此關門大吉。據說，從前溪流中的鮭魚，多得可以「踩著它們的背脊上過河」，盛產時每年有一千六百萬條，現在只有一百萬條，減少了

94％。因此，很多環保及漁業專家指責上游的水壩是元兇，說它們殺傷了穿過水壩的魚，也阻礙了它們去上游產卵繁殖。因此，要求將水壩拆除。

拆除水壩，談何容易？這是一個有關民生的嚴重問題。因這區的水壩均有發電及灌溉功能，對沿河的農、工業、城市及航運的繁榮均休戚相關。據報導，這區域的電價是全美最低廉者。拆除水壩以後，用什麼能源可以迅速替代？因此，工程主管機構特請專款，想盡辦法，保護鮭魚。例如，將溪流上游的小魚用卡車及駁船運到下游，到適當時期，又將成長的魚載回上游產卵繁殖，每次要運三百英里之遙。又為了剩餘的魚通過水壩，另花了三億美金築了多種安全設施等。這樣的費錢費力，二十多年來效果還是欠彰。

現代社會注重營養及健康食品，吃肉怕肥，吃魚的愈來愈多，而鮭魚是此中的上選，因其魚油有益人體。但因生產少、食者多，此類天然鮭魚售價大漲。西北地帶鮭魚的銳減，不但有損當地的經濟，也使全國注目及關心。不少有識人士，則認為不能全怪水壩，只是水壩比較具體和矚目而已！據分析，近來海水溫度的增高；沿海捕魚的過量；河邊植生受耕作、伐木的影響而減少；泥砂的增加；溪流生態的破壞；以及工業、農業、都市的排汙，在在都直接或間接影響鮭魚的生存。如果仔細打量區域內機關、學校、試驗所在這方面所花的人力、物力及智力，足使世界上一般國家嘆為觀止。例如製造橡皮機器魚，用以觀察通過水壩渦輪時的影響；在活魚體內裝置晶片，記錄它們的棲息實況；花了億萬元人工培育魚苗，以代替野生鮭魚；以及設置魚梯、分水道和人工魚灘等等，這些均屬頂尖科技。此外，還僱了數十人終年在壩底溪床的窗口，用目測計量游過的鮭魚。二十多年來，整個計劃，每年平均花費五億美金。聯邦政府也已花了八十億美元，推行了不少拯救鮭魚的方案，但效果還是有限。

如此看來，徒憑科技，不能解決這個複雜的問題。需要的是上游、下游、沿海、以及政策、法令、科技、和社會的全盤配合、協力推行，才能見效。據說，除學術及試驗機構和地方政府外，流域內有關的主管機構有八個之多。如農、林、漁、工程、工業、環保、交通、電力等。層面太廣、各具立場、要妥善配合，確非易事。例如政府為了原住民的生活，准許他們在區內，大批捕捉及出售這類瀕危的鮭魚，還補助他們買網。又如，工程主管機關將千萬隻吃魚為生的水鳥遷移他處時，因鳥類保護團體的反對和狀告，被迫中斷。大家都不願讓步或折衷，更不肯犧牲小我，問題就很難解決。早年我在台灣時，曾主持及參加過曾文水庫、石門水庫、及達見水庫等集水區（小流域）的規劃工作，深知配合的不易。

據環保人士的指陳，鮭魚在六〇及七〇年代、四個新壩尚未在支流蛇河（Snake River）添加以前，不受太多影響。築成以後，則因水壩多了，不勝負荷，繁殖不易，數目銳減。可是，「子非魚」（他們不是魚），是否確實如此？或另有其他原因？如沿海超捕、水源汙染等等，則不得而知。又，當年的環保意識，如能像現在那樣，這些壩可能也築不起來。迄至今日，要去解決一個四十年前創造的老問題，的確困難！

目前，當地社會上一般人的看法是：要水壩、也要魚！魚和熊掌，兩者能否兼得？就要看這些主管及當地人士的智慧和神通了！其實，這是一個世界各地均會遇到的難題：環保和發展之間、如何才能平衡、如何做到雙贏。我們對這個實例的如何解決，正可拭目以待！

二〇〇八年七月二十日

啄木鳥之戰

啄木鳥是益鳥，有法律保護，不可捕殺。但啄木鳥對住家的為害卻很普遍。使人防不勝防，平添了不少麻煩。

我的住屋和一般家庭一樣，都是木造。外面釘有牆板或魚鱗板。我家後院有棵很高很壯的銀楊（Silver Poplar），春夏枝葉繁茂，可以遮蔭乘涼。平時鳥雀起落，松鼠出沒，煞有生趣，但也招徠了啄木鳥。

大約在兩年前的春天，有一隻褐翼、黑班、紅臉的啄木鳥（Flicker），先在屋頂的煙囪上敲打，節奏快捷，鏗鏘有聲，大概是在求偶，我們不以為意。不久就聽到「篤篤」之聲，而且日有數起。到後院一探究竟，不得了！牆板上已啄了數行小洞。因為位在屋簷高處，一時也想不出對策。

太太說：「我們應設法將洞補起來！」我說：「亡羊補牢，固然不晚；可是像打游擊戰一般，你補東、他啄西，我們也不能整日守護，還是想一個根本驅除之計，等過了這個夏天再說。」

我就認真地搜集及翻閱資料，知道啄木烏敲啄的目的很多：捉蟲、求偶、找窩、通訊、建立自已的地盤（territory）等等。他們喜歡松木、紅杉、合成木、以及油漆深色的板壁。最最活躍的時日是四至六月，到七月就大多安頓，為害減少。他們來襲的原因，或突然離去，都很難解釋。但一旦被他們釘上，年年會回來。至於驅防及嚇阻的方法以及商品也有很多：如掛閃閃彩條、按細網、裝假貓頭鷹、設電子鳴叫器等等，各有功用及限制，但不一定百分之百有效。

第二年入夏不久，這七、八個小洞，已被擴大到一至二寸寬及六、七寸長。七月初，剛好小兒子從加州回來度假，他認為不能放任不管，就自告奮勇地借一隻高梯，用快乾水泥將洞一個個補好，然後塗上油漆，使外表看起來，無甚痕跡。這樣，的確「西線無戰事」般地過了一年。

到了今春，我們蠻有信心，以為從此可以坐享太平，未加注意。哪知有幾天清早，在我們起床以前，聽到「的的」之聲，比前輕微。豈是啄木鳥又來了？我們將信將疑。後來出房一看，真奇怪！原來補好的洞，又被一一啄開，水泥灰灑落一地。使我對啄木鳥驚人的記憶力，有進一步的認識；想到啄木鳥的壽命，可達十年之久，而我已經八旬有半，他如年年回來，我怎能防他？

想到這裡，使我忍無可忍，非要速戰速決不可。商量之下，我太太用樹枝先做了一隻彈弓，意在嚇阻，不是要置他於死地。但因「土法煉鋼」的產品，不甚管用，

只好重新去買了一具。這個新武器，射程較遠。但我在屋外癡等時，他不出現，當我回屋不久，他又開啄。而且，每當我推門出去，還未垃弓，他早已逃之夭夭。如此消磨，頗為氣餒。後來，聽了別人的建議，又去買了一隻具有電眼的貓頭鷹，一有動靜，就會「喔喔」作聲。但掛在牆

上以後，只安逸了幾天，這隻啄木鳥還是頻頻來犯。

「你們還是投降罷！」我的大兒子作此建議。我想想也對，人不能老是要想征服大自然，也該設法去融入生態環境。兒子繼續建議向此間大學的農業推廣所、領取一隻專為啄木鳥設計的鳥屋，掛在被啄的牆上，讓他前來作窩，建立他的地盤。這樣，別的啄木鳥也就不來了！西諺所謂：不能打倒他們，就參加他們（If you cannot beat them join them）。他又說：你們可以把有洞的木扳換新，為了防患未然，將住屋重新油漆，用淺的顏色。

這個夏天，我們就這樣大動乾坤，換壁板、刷油漆，加上以前花在防禦方面的錢，費用共達二千五百美金。當這座松木製的鳥屋掛上去時，我發現屋前的洞只有一枚鎳幣般大小。我直覺地問：「啄木鳥體積很大，如何能蹧得進去作窩？」兒子卻反問我：「你忘了他是啄木鳥啊！」使我恍然大悟，只能自言自語地說：「有效沒效，待看明朝！」

從此，我們不但不驅除這隻啄木鳥，反而祈盼他早日前來，與我為鄰！

二〇〇九年八月二十日

從一條殺人鯨說起

今年二月間，位在佛羅里達州的「海洋世界」（Sea World），忽然發生了一樁命案，兇手是一條在表演的殺人鯨（killer whale，又稱虎鯨或大海豚）。它將一位女訓練員的髮辮拖下水而弄死。在場的人瞠目以對，束手無策。事後，這項表演停了幾週，又告恢復。

據說這條鯨魚，原是從大海中捕來，經在加拿大訓練後送到佛州表演。前後已殺死三人。有一張漫畫說：它迄今的成本是數百萬元和三條性命。當然，「海洋世界」不會因此將它處死；它是主角之一，戲還是要演，錢還是要賺啊！

但這件事，卻引起不少國家報章上的評論。有人提出：這種巨大的鯨魚是否應該捉起來為人表演？它們一日千里，遨遊四海，現在卻淪為池中之物。又說，在自然界，它們從未攻擊人類，但在各地表演的這種鯨魚，卻殺死了二十四人之多。有人則持不同的看法，認為它們是海洋的親善大使，表演有何不可？尤其對兒童有教育和啟發作用；使他們長大了去研究海洋，或變為魚類及動物的保護者。又有人反駁稱，這是天真的想法。它們哪是什麼親善大使？是囚犯！在水泥池裡耍耍脾氣是自然現象。人們主要是利用它們來賺錢，所以表演絕不會停歇。也有人則認為：子非魚；不知道魚究竟在想什麼？也許它不是故意殺人，還以為在遊戲或表演呢！全世界的動物園，不也時常有意外的事件發生？總之，見仁見智，因各人的立場不同而異。動物保護者、兒童教育家、娛樂界人士、企業家、一般觀眾等等，均各有說法，很難有一個大家認同的圓滿答案。

其實，世界上很多事，都是如此，大如氣候變暖；小如喝杯咖啡等等，多年來均爭論不息。早在去年秋天，有人預言，這個冬季會較往年乾暖。後來美國東北部數十年罕見的大風雪；中國新疆、甘肅的雪災；以及日本、韓國、歐洲的大雪；甚至台灣的稀有低溫等，人們不禁要問：地球究竟是變暖還是變冷了？有人譏諷地說，這輛宣傳地球變暖的汽車，至少已經掉了個車輪。專家解釋道，我們講的是長期的趨勢和平均氣溫；不以一季的數字為準。又說，因為變暖，海面蒸發大增，因此冬季多雪。說得很有道理，但對困在四、五尺厚雪中的人們，聽來不會相信。友人也問起我的看法，我說，茲事體大，氣候變化，人為的因子不少，應加控制。但氣候的冷暖，可能也有輪迴的關係。許多自然界因素，如太陽及海水等等的影響，我們也許還未全然瞭解。因此，地球是否變暖，最好要等待一些時日才能證實。朋友說：你真是一個證實主義者！

說到咖啡，我第一次聽說喝多了有害神經系統，這還是在上世紀的七十年代。我當時雖住在世界聞名的「藍山咖啡」產區的附近，也只喝台灣的凍頂烏龍。在以後的十多年中，說好說壞兩方面的報導均有。八〇年代到美國以後，又看到研究報告說，咖啡實在沒有什麼大礙，每天喝上幾杯無妨。最近，又有報告說：一天喝兩、三杯咖啡可以防治氣喘，溶掉膽結石，以及減少老年癡呆症。好處這麼多，像是在作咖啡的廣告。可惜我已喝慣了茶，不想再改。

除了咖啡外，食物、保健品、甚至藥物也常使人搞不清好壞。飲食方面，歷來的建議有低碳水化合物、高纖維、低脂肪、高蛋白、多吃蔬果、食肉無妨等等，常使人莫衷一是。在維他命及藥物方面，更是紛亂。以前說吃維他命C可防傷風感冒，現在又稱並無太大功效；吃多了也是排洩掉。以前說吃維他命E好，最近又說多吃有害，還是高單位的維他命D好，可以增強免疫力以及骨骼。以前醫生建議上了年紀的人，每天應服一粒低單位的阿斯匹靈，以預防老年人的心血管病以及中風等。但最近英國醫藥界的報告卻說：一般健康的老人不需要服用，因為有害無益，反而會引起胃腸的內出血！又、如我這樣關節不良或患有風濕者，醫生均建議服用Glucosamine（鹽酸葡糖胺），現在又有人報導，這是十二種不能吃的藥品之一！我去問家庭醫生，他也不明原由。我只好少吃一些，採用中庸之道來自保！

真理應該是愈辯愈明。但有時候專家的意見也常是南轅北轍的兩極化，使一般人無所適從。我從前有一位以色列的同事對我說：你想在一個行業中出名，最快最好的方法就是寫反面文章；人家都說向東好時，你一個人偏證明向西更好！這當然是一個笑話。但在現實世界中，唱各種反調的也真不少！一條鯨魚的失常，引起各方熱烈的反應和辯論。在我們的日常生活中，更充滿各式各樣的意見和爭執。做為一個多元社會裡的現代人，要如何在目迷五色之中，看出真相；在浩瀚資訊之間，披沙揀金，的確是一樁極大的挑戰。

二〇一〇年三月二十九日

美國二〇一〇年最大的環保事件

——墨西哥灣漏油之災的感想

今年在美國發生的最大環保事件，莫過於墨西哥灣的漏油之災。從四月二十日英國石油公司因一個油井的爆炸，引起海底油管漏油起，歷經一百多天。到七月下旬，總算已將油管暫行堵住，其後又開設「減壓井」，再灌水泥，將它真正堵死。在這四月到七月的三個多月中，不但電視台天天現場報導，奧巴馬總統也去了好幾次。全國人民多矚目關懷，如臨大敵。

雖然，事件已到尾聲，將來衍生的問題卻方興未艾。如訴訟、賠償、災害標準的訂立、鑑定的依據等等，可能還要經過一段漫長的時期，才能結案。很多問題需要技術及法律專家來判定。

我以一般大眾的眼光，來看這個事件的經過，有時真感到霧煞煞，不知所從；也產生了不少感想。我的第一個疑問是：海上鑽油已有長久的歷史，為什麼發生漏油時，變得如此慌亂而束手無策？堵漏的方法嘗試了多次，均不能完全控制。英美有那麼多的石油公司，那麼多的專家和先進技術，但到危急時，都想不出一個有效的辦法！難道油井在開採之初，就不曾考慮防患於未然？批准開採時，也不需要送呈防漏辦法嗎？果如此，也實在太草率了。難怪事件變得嚴重時，內政部這方面的主管率先去職。

第二個問題是漏油數量的測計。漏油開始時，英國石油公司說是每天約一千桶，問題不大。過了不久，又說是五千桶。後來有人看到原油洶湧噴出及海上大片汙染的現象，就質疑說：假如這個井每天只產五千桶，當初有開採的經濟價值嗎？到了五月底的估計變為每天一萬二千桶到一萬九千桶之間。六月中科學界人士則說，每天約在二萬到四萬桶。政府的測計是三萬五千到六萬桶。他們各有儀器及計算方法，也各說各話，使大眾不知聽誰才對。

最後在八月初漏油止住後，政府發表的數字是：總共漏油四百九十萬桶，每天平均在五萬五千桶之譜。和當初估計的數字至少有十倍之差。漏油數字的所以重要，在於將來計算罰金陪償時要作為依據。我們不禁要問，當初有沒有歪曲事實的企圖？有沒有政治上的考量？或純粹是測計不準？

電視上每天映出汙油一大片，快速地增至一、兩個州的面積，並已侵入沿海的沼澤地，淹死了海鳥和海龜等等，使人看得觸目驚心！但最使我吃驚的，是七月下旬的一個現場報導，說是以往所漏的油都不見了！並舉例說，這天海上有七百多隻撈油船，一天下來只撈了一桶。從空中攝影的鏡頭看來，海面蔚藍一片，一無油跡。從前在島邊沼澤地帶的汙油，也不見了！這樣一個一百八十度的大轉彎，真是使人難以相信。我想，連這方面的專家也沒有料到。後來根據各方面的解釋，才知道這是因為自然和人為的綜合作用所致：如海面蒸發、細菌吃掉、燃燒、化學劑的分解、打撈作業及沉入海底等所致。也有人解讀為大自然的力量，以及墨西哥灣獨特的自然恢復力（natural resilience），才有此成效，並舉出密西西比河每年流入墨西哥灣的汙染物何止千萬立方，均可容納為例。使我深深覺得，環保的評估除要精通基本科學如化學、生物、物理以外，還要瞭解天文、地理、氣候、環境等大自然的現象，的確不易。

八月上旬的政府宣告，說是海底油管漏出的油，74%已清除，海上已恢復舊觀，捕蝦網魚作業可以開禁，好像一切已趨正常。一個新聞社調查了七十五位科學家，讓他們為墨西哥海灣目前的健康打分，結果是得了七十一分，認為海灣的生存無礙。一般人也從此鬆了口氣。政府也可能在不久將來，在「減壓井」設置完成、水泥堵管及安全無虞後，會解除該區的採油禁令。

可是，有一部份人士，對這些數字產生懷疑。環保人士也說：且慢，且不要高興，這些沉入海底的物質對海洋生態環境的危害，不是一時間可以覺察，也許要幾十年才能反映出來。一部份社會經濟學家也認為這次漏油事件，對墨西哥灣幾個州沿海居民的經濟、生活和精神上的長期影響及損失，難以估計。最近，還有一批心理學家也說，路易斯安那州的沿海居民，不久前遭受克崔禮那（Katrina）大颶風及水災，現在又遭漏油汙染，不能定心安居，尤其使兒童產生一種恐懼感，對他們心理健康的影響至大。看來，這筆帳，一時還算不清楚。

我想，現在全世界對環保及自然生態都非常敏感，一旦發生這類汙染或破壞，大家都極度關注、各方面人士都要表示意見。因此見仁見智，眾說紛紜。有時連專家的意見，也南轅北轍，只有等待將來用事實來證明。環保和發展（Environment and Development）常有衝突，各國皆然。如何能顧到平衡、兩全、甚至雙贏，不但要靠高超的科技，還要集思廣益用高度的智慧來解決。這次漏油事件的後續發展，值得我們密切關注，以汲取不尋常的經驗和教訓。

二〇一〇年九月十三日

防不勝防

最近在電視上、網路上、雜誌上、以及親友的伊媚兒上，都紛紛傳來有關環境衛生和飲食健康方面的消息。有不少都是使人感到意外和吃驚的。給我的印象是，現代人的生活起居，真是防不勝防，一不小心，就會染上惡疾和癌症。要活到老，可不是一件可以漫不經心的事。

有一本著名的周刊，最近登出一張圖解，指出一般住家中的健康危機，真是觸目驚心。房屋本身的第一個危機是牆壁和天花板裡的石棉。吸多了，會生肺癌和腹膜癌。美國禁用石棉已經很久，但很多中古的建築和學校中還會存有，規定要拆除。台灣在二〇〇六年限制石棉用於若干建材，但未全盤禁用。圖中又指出客廳和起居室中的地氈、傢俱、及電視等使用的防火劑，內含一種乙醇，會危及學習能力、記憶力及聽力。衛浴室中的塑膠地版和浴簾、洗髮水、刮鬍膏、牙膏、化裝品等，也各含問題性的化學物質，使用不當，會影響荷爾蒙、及導致肝癌等病症。又、嬰兒室中的塑膠奶瓶及玩具和廚房中的塑膠水瓶、水壺等含有ＢＰＡ，會有礙胎兒及幼童的發育；鍋子中的鐵氟龍（Teflon）會造成生育不良等等。看了真覺得到處都有問題，無處可躲。

除了「住」有問題以外，吃食更是近來的討論熱題。台灣的電台，幾乎天天在報導食品的安全性。某些真空包裝的食物，似含肉毒桿菌，當局已在調查，是否和一條人命有關。還有一般的零食如陳皮、話梅、金橘、蜜餞等，原是家庭中老小均愛的甜食，吃了也都有害健康。最受人關注的是豆漿。說是經過抽查，竟有20％不合格，因防腐劑放得太多之故。我不清楚是什麼標準；我也不知道這種小型手工業的老板或老板娘會計量去加入？我們比較一下中、外的烹飪方法，就可知道，西方的配料比較精確，我們多憑經驗。

早上常喝豆漿的人，只能靠運氣了！對喝豆漿者，還有一個不好的消息。據美國東部一個知名大學的研究報告，每週喝兩抔豆漿的受試者，精蟲減少了一半。據說豆漿內含有植物性雌激素，喝多了，會抑制體內雄性素的分泌，導致精蟲減少。這對正在大事獎勵生育的台灣，不是一個好消息。醫學界正在作各種解釋，來安撫大眾。又、都市內的上班族及忙碌的人，現在都愛買加工食品和熟食，以節省烹煮。最近在網路上也有人也提出警告，凡是含有人工色素、調味、糖精、味精及人造奶脂、人造糖漿等等食物，均應避免。吃多了，都會引起或造成各種疾病或致癌。

多年前我曾寫過一篇散文：〈我們能吃什麼?〉大意說：吃肉不但怕肥，還怕吃到死豬和瘋牛病；吃魚則怕水銀含量太高；蔬果上有殘留的農藥；雞蛋也不能多吃，怕膽固醇太高；牛奶和奶粉有假、有毒，危害健康；吃雞則怕禽流感。至於白飯呢！有很多人也不敢多吃等等。到了現在，則連豆漿、零食、熟食、罐頭食品也各藏危機。平添了不少生活上的憂慮。

在「行」的方面，最近也接到友人送來的一封伊媚兒，警告我說，你進入坐車時，切勿打開空調，應將車窗搖下數分鐘後才行。理由是車子的坐椅、駕駛盤前的儀器板等會散發有毒的苯氣（Benzene）。這種苯氣，如果在室內，每平方呎散發五十毫克，還可接受；停在車庫中關緊了窗，則高達四百到八百毫克；停在太陽底下，則漲至二千到四千毫克，對人體絕對有害！會造成貧血、白血球過多症及婦女的早產、流產等。信中又說：怪不得死於癌症的人較前大增，因很多人自朝到晚大部時間均在車裡！台灣的電視裡，最近還報導跑鞋用的橡膠不合格，會影響兒童的發育成長。我記得不久前，也曾警告過一種稱為「園丁鞋」的便鞋，含有致癌的可塑劑，最好不要赤腳穿。這也可以說明有關行方面的問題，確有不少。當然，在穿衣方面也有引起皮膚病等問題，由於染色劑的不當，pH過高等原因。但一般問題不大。近來，大家卻對洗衣的柔軟劑會致病、致癌的問題，在網路上大加討論。

上述種種，使人深深覺得，現代人的衣食住行中，到處暗藏有害健康的危機，可以說是防不勝防。當然，還有許多我們不知道的，或還未發現的。如現在的手機或耳機，中、小學生自早到晚，片刻不離，有的還與之同枕共眠。長大以後，健康上會有什麼影響？恐怕現在誰也說不準。

我在年輕時，好像不太聽到癌症兩個字。現在則愈來愈普遍。一部份可能是大眾關心，傳播普及的關係；另一部份，可能因為化學和加工的廣泛應用，所造成的後果。這是文明病、現代病。據說美國現患癌症者，約在一千二百萬到一千七百萬之譜，且有愈來愈多的趨勢。

針對這樣一個現代的環境，我們既不能遁跡山林，也不能不吃人間煙火食。我個人認為：除盼望環保機構要嚴加管制外，我們對於各種警告或建議，不能不理不睬，也不必過度反應。應該冷靜面對，擇善而從。過與不及，均非上策。一切要取中庸之道。我幼時聽父親說：「常寓三分飢與寒。」他的解釋是：穿衣七分暖，吃飯七分飽。我當時不甚了了。後來才體驗到這是蠻合乎科學的，少吃可以長壽，少穿增加抵抗力。而且，這句老話，還含有自制、節省、保健和環保意識在內。他活到九十七歲，這也許還是一種很好的處世之道。

二〇一〇年七月七日

童山濯濯說海地

這次海地大地震，災情慘重。全世界都關注及伸手援助。海地自己卻無人力和物力救災，形同癱瘓。這個被稱為西半球最貧窮的國家，究竟是什麼模樣呢？

一九六九年我在海地鄰近的牙買加國工作時，奉聯合國之命，去那裡協助他們的水土保持工作。去了兩週，獲有三個深刻難忘的印象。第一是童山濯濯，車子開了半天，也見不到半片森林，盡是濫墾。比起牙買加的蔥翠山林，實有天壤之別。第二是鄉下人個個瘦弱，營養不良。不像牙買加人的粗壯活潑。缺少糧食和窮困，有以致之。但性格樂觀、善良、很有耐力。第三個印象是基本建設匱乏。我們從首都太子港到南部一個小城去工作，二百多公里路程，車子卻開上一天，路上盡是洞窪，過溪也無橋樑。

過了五年，我又去評估一個聯合國的造林計劃。到了太子港住下不久，在旅館中遇到一位法國自來水專家，他警告我說：這都市裡的自來水，不能喝，連嗽口也很危險！真的，我在第一個週末就肚瀉及發高燒，虧得那時年輕，休息兩天也就恢復工作。

我們在考察政府林業主管部門時，發現技術人員極度缺乏，薪津及差費微薄，只有伐木及收稅部門，還有人工作；其他造林及護林人員，都付闕如。面對如此龐大的光禿山地，我當時的感想是：這些外援機構，每年給幾十萬美元造林，好比一滴水，掉在一隻水桶之中，實無濟於事。要恢復海地的森林資源，除培育人才外，一年需花上數億，連續二、三十年，也許還能有些成效？

海地在二百年前已經獨立。在一九二五年時，還有60％是森林，後因伐木償還國債及貧窮關係，林木被砍去了百分之九十多。海地處於颱風地帶，林地被濫墾後，山區水土流失嚴重，平地河川汙塞，農地被埋，農村經濟衰竭。環境破壞和貧窮，形成一個惡性循環。加上百年來政治動盪不定，貪汙盛行，遭致民不聊生。我兩次到海地時，正是杜瓦利埃（Duvalier）父子專政時期，斂聚財富，兒子後來囊括數億美金，避到歐州安養。以後的政治，仍不安定。知識份子，80％外遷。剩下的人口，半數未受教育，這個國家，如何能富強起來？

據最近的報導，農民還佔總人口的66％；一般人的收入不到美金兩元一天；百姓使用的能源，80％還靠薪炭；許多都市尚無安全可靠的供水。近年來，雖有美國、世界銀行、美洲銀行、歐盟國家的大力協助，好像也無太大的起色。單是美國，年來已給了三十億美金的援助。時代週刊有一篇文章說，援助海地的非政府機構（NGO）就有一萬多個。好像都是外國人在為他們建設。

那末，造林工作呢？幾十年來是：年年種樹，無日成林。原因有很多，如農民窮困；能源匱乏；伐木作為薪炭等。許多外援造林計劃，往往期限只有三年、五年，到期結束，無錢支助；只造林而不好好地撫育保護，豈能獲有結果？美援總署在不久前宣佈，如繼續亂砍樹木，今後不再援助造林計劃。聯合國等其他的援助機構也一起跟進。海地童山濯濯的慘狀，看來還要留傳到子孫後代！

那末，真的就一無希望嗎？這也未必。假如聯合國發展總署再請我去的話（我說假如，因我已退休了二十五年），我將作如下的結論和建議：

這不是一個單純的問題，所以我們要從社會經濟和政策層面著手。從其他國家的經驗以及觀察所得，我建議：首先要用別的能源，來替代薪炭；最好是用相當廉價的，否則，政府也應補貼。太陽能和風力應該先試。如改用成功，砍樹的人將大幅減少。其次，海地處於亞熱帶，即使不種樹，因雨水充沛，土地如不遭濫墾，很多地區，會天然地在三、五年內，長出樹木，只要加以保護即可。省下的造林經費，可以移作改良平地的農田之用，如小型灌溉等等，待增加生產及收入以後，山坡地開墾的壓力，自然減輕。當然，土地及利用問題，也須改善。同時，政府應大力發展工業。如此，則森林才有恢復的希望。

這次大地震，雖然不幸，但在各國廣泛支持及眾目睽睽下，政府如能從此清廉治事，訂定良策，集中力量，加上老百性的樂觀和耐力，則不出二十年，禿山變為綠林，貧窮變為小康，轉禍為福，未始不是海地人民的一大良機。

二〇一〇年二月二十三日

鯉魚還鄉

多年前，我在電視上看到一則報導說：密西西比河的鯉魚（Carp，或Asian Carp）造成流域中若干地區環保及經濟上的重大損失。很多沿河市鎮從前以釣鱒魚及淡水鮭魚為遊樂事業者，現因鯉魚的侵入，釣客和遊人的稀少，旅社及餐館生意蕭條。並說，這種威脅現在已漸漸危及大湖區（Great Lakes）。我在映出的畫面上還看到釣船駛過湖面時，千百條兩、三尺的銀鱗，躍入半空。雖是壯觀，但對釣客却是一種妨礙，而且還會撞傷。

Carp是鯉魚的總稱，據說有二千九百多種。密西西比的鯉魚是在一九七〇年代由美國南方引進。目的是為了清理湖泊、池塘及水道的藻類之用。主要有巨型的大頭鯉（Bighead Carp）及會跳的銀鯉（Silver Carp）兩種。後因洪泛關係溜入密西西比水系。它們體型較大，繁殖力強，胃口又好；搶了當地魚類的食物，甚至吞食遮陰的水草，使原生的魚類難以生存。後來又漸漸溯流而上，使伊利諾州一帶的漁業深受其害，如果侵入大湖區，則每年損失將達七十億之多。因此，引起國會議員的關切，甚至請陸軍兵工團在河中設置電網，阻其北上。可以說傷透腦筋，但成效不彰。

我看過後的即時反應，和一般中國人相同：為什麼不把它們烹而食之？

據說近來當地政府和民間也改變政策，在大事推廣釣鯉魚及吃鯉魚等方法，效果有限。美國人從小就怕吃河魚，尤其怕魚肉中有很多骨刺者。他們喜愛的是無骨無刺的大塊魚排，而內陸水系的淡水魚，鮮能符合這種條件。美國人釣魚純為娛樂；釣上的魚大多放掉，鮮有攜回烹食者。我的美國親友，看到餐桌上的一個魚頭，就連飯也吃不下去。我想中國人尤其是魚米之鄉的江南人，最會吃魚。吃起魚頭和魚尾來比貓還要乾淨俐落。嘗見有人一頓飯可吃十七八條小魚，將魚骨排得整齊有序，真是「吃來全不費工夫」，想必前世是一隻吃不到魚的饞貓。中國人吃帶殼蝦時，也能在嘴內明辨是非，將蝦肉及蝦殼分別處裡。美國人則必須用十指去剝才行。鯉魚除大骨以外，中間還有很多肉刺（intramuscular bones），我們烹而食之，小事一樁，他們則視為畏途，不敢一試。

美國人對這種外來的魚類，視為公敵。認為它們具侵略性（Invasive），亂跳亂縱，又不能食用。我則從小對鯉魚有不同的印象。六七歲時我住在江南老家，在不遠的鄉間我們有一個小小的湖泊（當地人稱之為「蕩」），租給人家養魚蝦及螃蟹之類。每到過年時，有一個五十多歲的矮老人、我們稱他為「張小二」者，送來鯉魚和青魚。這些大魚和我當時的體型，相差無幾。我不竟好奇，他如何能抓到這樣大的魚？大人們也不知究竟，只說他比魚還游得快，而且在水中可耽幾個時辰，像水滸傳中的「浪裡白條張順」。不多久，這些大魚活生生地被丫頭們宰成一段段，並用粗鹽將它門醃在大缸裡。在宰過以後，魚鰓還在頻頻搧動，狀至可憐。大人們後來大啖砂鍋魚頭，我則不敢下箸。少長以後，我讀古詩「客從遠方來，遺我雙鯉魚」等句，一知半解，頗存好感，以後聽到鯉魚跳龍門及臥冰得鯉等故事，則對鯉魚增加了不少的親切感。長大後，我才知道，我們中國人視鯉魚為吉祥之物，已有千年的傳統。

鯉魚畢竟是一種資源，很多發展中國家的鄉下老百姓，缺少動物蛋白質，在多雨多水之處，可以飼養這類快速成長的鯉魚，作為輔食之用，如大頭鯉在數年間可長到四、五十磅；最大的可達一百磅。蛋白質含量高達15％到20％。三十年前我在聯合國糧農組織服務時，已聽說很多中南美國家申請聯合國發展計劃、邀請亞洲尤其是中國專家前往養殖鯉魚。美國現在有成千成萬條的鯉魚。卻不加利用，反而要想把它們用來填地、或作肥料之用，深為可惜。我從前在研究所上資源經濟課時，老師說過：資源雖須保育，但如果不知或不加利用，就不是資源等語。他又舉例說：百年前在美國中西部的印第安人，看到原油流在地面，稱之為「黑水」，走避猶恐不及，哪知這是現在的「黑金！」

近日忽在網路上看到一則消息：伊利諾州一個貿易公司向中國大陸銷售該州的鯉魚，首批達三千萬磅之多。主要是供給中國高檔餐館之用。中國河川受汙染者眾多，美國則水源清徹，且魚為野生，肉質鮮美，體型肥大，骨刺相對亦粗，容易辨出；這些都是賣點。但因是遠途運去，成本較高，每磅售價要一塊美元，而且是冰凍之魚，是否能勝過當地廉價的活魚，是否能適合消費者的胃口？還要假以時日，才能分曉。但在我看來，這不失為一樁明智之舉，如果推銷成功，一方面可消解美國一個生態和環保上的大難題，同時也可物盡其用；一舉兩得，再好也沒有了！

二〇一一年八月二十九日

第五輯　時評

一個新世紀知識份子的心聲

沉默的卵石
——一則寓言

卵石在溪底，已經很有些年代；它被喧鬧的溪水，常常奚落。

溪水對他說：「你看我們多逍遙、新穎、時尚；你則老是低著頭，像個鄉巴佬，不聲不響。」

卵石不回嘴。

溪水又說：「你看看我們的力量。可以讓你露出頭，透透空氣，也可以把你沉壓在溪底。」

卵石還是不理會。

「還不止此呢！」溪水更得意忘形地說；「我們可以載舟覆舟。不高興時還可以斷流，或是大發洪水。」

卵石更不想爭辯。

溪水看到卵石這樣懦弱，更加大言不慚地說：「你們只是不敢出聲的一群！我們則可以時常變調：有時如泣如訴，以博取人們的同情；忽而奔騰怒吼，使大眾感到威懼；更可以淹蓋一切，不分青紅皂白。」

卵石不說什麼。只是心裡在想：我自盤古以來，聽過風風雨雨、多少誇辭和謊言。明天，我們還在這裡，你呢！不是被太陽蒸發、就將沒入海裡。

二〇〇六年四月十七日

無詩的十月

十月，對國人來說，是一年中最最輝煌、熱烈、歡騰的月份。十月有一系列的節日、假期、和活動。可是，今年我卻沒有感到什麼興奮、也沒有心情寫詩。

十月的第一天是海峽左岸的國慶，我從未親身經歷過。只在電視上看到千千萬萬的同胞在你推我擠，把有限的綠地都踩光了！留下不少垃圾。

十月十日是右邊島上的國慶，天氣陰霾不開。我自有記憶起、高高興興、過過來的這個節日，現在連政府慶祝大會上，見不到國名、也看不到插遍的國旗和台下的旗海。這樣的「國慶」，使人不禁有滄桑之感。十一日諾貝爾文學獎發表，今年還是沒有國人的份，令人失望。

十六日是我的生日，應該要很高興。但是、今年我的五年為期的駕駛執照、限在這天換新，也就忐忑不安了好一陣。假如因我的年齡、或我的眼睛而發生問題，不知如何是好？我的太太常說：在美國不能開車時，我們只好回國去住養老院了！幸虧後來證實是杞人憂天。但事前的憂慮總免不了。

十九日（重陽節）是我好友的八十壽辰。我已在上月寫好文章祝賀他。也就不再寫賀詩。

二十四日是聯合國日。我在聯合國的糧農組織工作了十七年，現在還拿他們的退休金，應該要慶祝一番。但想到在職時我們退出聯合國時的窘境、後來被視為沒有國籍的滋味。以及最近發生的種種不愉快的事情，也就高興不起來。

同日下午，大陸發射「嫦娥一號」成功，當然是值得國人驕傲之事。但想到這片土地上還有億萬農民為生活而掙扎，以及都市中居民為汙染而苦惱時，也不禁泄氣。

十月二十五日及三十日，本來是兩個喜慶的日子，現在在台灣，卻已銷聲匿跡。我將報紙翻盡，也看不到有什麼樣的慶祝。人就是這般健忘和現實嗎？

二十六日是華僑節，我們在美二十餘載，從來也沒有被邀參加過什麼慶典，住在這個小城，更不必說了。

最後一天是萬聖節。奇裝異服的小孩們晚間紛來要糖，的確有趣。但白天有兩件事，使我們擔憂。第一是去作了一次年度的驗血。平時很健康，但體內的變化，誰也不知道，尤其到了我們這樣的高齡，會不會血糖太高？血脂肪太高？或有其他的疾病？這要到十一月初才分曉。第二是油價漲破紀錄，原油已超過九十四元一桶。各種物價，將隨之起舞；生活的壓力，益行加重，怎能覺得寬心？

十月底傳出的壞消息還包括：台灣的民心指數跌到十四個月來最低；台灣物價的年增率漲到十三年來最高（5.34％）；美國消費者的信心也跌到兩年來的谷底等等。

朋友問我：詩人不寫詩，是不是俗事太忙、沒有時間？我說，不是。他又問：是不是寫作的環境受到干擾？我說：也不是。那末，他說：是江郎才盡？我笑著說，借一句法國詩人、文豪雨果（Victor Hugo）的話來回答你：當我能寫時，得心應手；當我不能寫時，一字難為！他又窮追不捨地問：可能是憂慮太多、缺少詩興罷！我答稱：你說呢？他聽罷仰天大笑說：不要worry太多，當今這個世界就是這種德性，我們也改變不了什麼！但現在已經是十一月，不久感恩節、聖誕節就要來到，Cheers！

二〇〇七年十一月二十九日

看板

在台灣，很多人都知道「看板」是什麼；這可能是日文沿用下來的——那是告示牌的意思。我在《辭海》中卻找不到這個名詞。

已經是六十年了，推行國語的人說：這該叫「告示牌」。但很多人還不能「去日本化」。因此，「看板」兩字，還在普遍應用。不要緊啊！現在世界已走向地球村，一、兩個「外來語」，又不是「外來的政權」，算不了什麼。聽說，台灣最近又擬了一個法律草案，不再推行國語。「看板」更可以名正言順了。多少年來看板的變遷，也反映著社會和環境的變化。從早年用作商品的推廣、到後來用作競選及意識方面的宣傳；文字也從純粹的中文，漸漸夾雜了日文、英文。林林總總，美不勝收。尤其是這種口號式的看板，無處不在，也無時不在提醒你，怕你健忘。這樣的看板，在國外是很少能夠看得到的，這許是我國的特產罷！

在看板前來往的芸芸眾生，從前徒步走過、或騎自行車而過。現代則坐汽車飛馳而過。不知道有幾個人會注視這類宣傳？也許，他們心目中都各有自己的主張，各有自已的神祇。

在台灣，昨天的宣傳看板上，畫有一朵梅花，一個極峰，和萬歲等字樣。

今天的看板上，畫一叢檳榔，一隻金雞，幾個模稜兩可、焦點模糊的字句。

明天的看板上，不知道又會出現些什麼？

不管將來看板上有些什麼樣的宣傳？我擔憂的是：在徹底地「去中國化」以後，連中文也不存在；將來要學中文，還得去「孔子學院」留學。到那時，「看板」會不會變成天書；即使有文字，也不知將是哪國的、或哪一種的文字了！

二〇〇七年四月八日

Panda

Panda一字，不知要如何翻譯才好？在台灣海峽的西邊，稱之為熊貓，在東邊，卻叫作貓熊。兩邊好像都沒有錯，只因，你說是黑，我偏說是白；你說它是鹿，我就說它是馬。為反對而反對，可以各執一詞，大做文章。其錯，好像在於這個動物的本身，如果全身雪白、或是烏黑，這麼大，那一定是熊了。誰叫它黑白混淆，使人黑白難分！

說這是動物的錯，實在是淩辱了這種天真可愛的稀客。它們眼有黑圈，似逗人的小丑；頭大肢粗，像個娃娃。而且神態憨然、性情平和，難怪全世界的兒童和成人，對它們都寵愛有加。它們如果真有什麼錯，或許只是生錯了地方。

前些日子，海峽西邊的電視台在遴選一個代表中華民族的標記。候選者有長城、孔子、熊貓、以及姚明等等。我不知道結果為何？我的想法是：長城含有抗外性；孔夫子在其他國家並不家喻戶曉；姚明的身材，豈是我們一般中國人所能及到？只有一看到或一提起Panda，世人就想到中國：世界上也只有在中國的少數幾個地方，產有熊貓（或貓熊）。它們可以代表中華民族的善良、和平、可親的民族性。

這樣一種溫順、可愛、無邪的動物，現在却被海峽兩岸，當作黑白色的足球，踢了起來；最近，這球賽又被叫停。使全世界的人弄不清楚這究竟是怎麼一齣肥皂劇？

為了望穿秋眼的台灣兒童，我建議一個兩全和喜劇的結局：將這兩隻團團和圓圓東遷到浦東國際機場。將來直航以後，只要花一小時、和三、五千台幣的機票，就可以一親芳澤！當地也一定會門庭若市、財源不盡。何樂而不為呢？

二○○六年五月六日

孔子告狀

孔子從山東曲阜，坐了千里路的長途巴士，到河南開封向包公告狀。

兩人初次見面，都吃了一驚。孔子圓眼短鬚，看來僅五十開外；包公則是白面書生。真是百聞不如一見，看來以前都是報導和傳播之誤。包公雙手作揖曰：「有朋自遠方來，不亦樂乎！」孔子卻正色道：「老兄，不要開玩笑，我此番有事要請教，看看能否成立誹謗罪？」包公暗想，孔老夫子現在也改用白話，究竟是時代不同了！趕忙回答說：「豈敢，豈敢，在下鐵面無私，秉公處理。不知何方小子，竟敢觸犯聖人？」

孔子靦腆地說：「最近北京有位教授，公開地說，我對西方的影響，遠不如一個叫做章什麼的女明星！」包公立即叫手下拿報紙來一查，果然不錯。此事已在文化界鬧得沸沸揚揚。白紙上黑字，證據確實。但想到茲事體大，最近很多貪汙案已經辦不勝辦，轟動邇遐；此樁訴訟一開，不但開封市將容不下全國和世界各地飛奔前來的記者，而且也會騰笑中外。想到這點，包公即抱著息事寧人的姿態說：「您老已經名垂千古，不要和一個小女子計較一時。她現在正值春秋鼎盛，年輕人趨之若鶩，食色性也！本是情理中事。至於蠻夷之邦，也多看人的外表，不究內涵。過不多久，後浪推前浪，大家也就把她淡忘了！」

孔子聽了，稍感舒坦，又說；「還有一樁：台灣也有一篇文章，說是如果要選一個標記代表中國，寧選熊貓而不選本人；我豈是禽獸不如？」

包公想：這太嚴重了吧！要好好解釋：「非也！您的大同思想，放諸四海皆準；現在聯合國都在尊奉您的金科玉律。問題是認得中文的人太少，因此還未普及。熊貓則不同，稀有動物，大家都珍愛；而且，只產在中國。芸芸眾生，一看到它便想起中國。現在全世界流行的，是超越人本思想的所謂環保、和資源保育思想。不但要愛屋及烏，而且要愛一草一木、土地、空氣、和水。您的落選，有其時代因素。」「時不予我！真是時代不同了，奈何！」孔子有些黯然。

這位明察秋毫的包青天覺得自己判案慣了，口直心快，有失厚道，就改了口氣安慰孔子：「夫子忘了！您的傳人孟子早就說過：斧斤以時入山林，材木不可勝用也！這種生生不息的保育思想，比西洋還要早上二千幾百年呢！」

孔子聽了，覺得吾道不孤，頓感釋然。想想這個法學專家，見多識廣，確也有他一手。這時，忽聽到包公在自怨自艾地說：「現在全世界已設立了幾十座孔子學院，他應該高興才是；卻來抱怨不迭！我還沒有聽到耶魯大學、或什麼地方，要設立一所包公學院哩！」

孔子想想也對。近百年來，自己曾被打倒和惡批多次，現在還可以揚名海外，應該心滿意足了。想到這點，只好唯唯而退，打道回府。

二〇〇六年七月一日

一個包裝的社會

不久前，友人從台灣帶給我一盒鳳梨酥。不但盒子堂皇，裡面的每一塊都用精印的花紙包裝，繫上金絲線、嵌在軟軟的紙墊裡，頓使我有無從下手、食之可惜之感。當然，價錢也很高昂，恐怕紙張和裝璜佔了成本的一半以上。

記得從前在台灣時，這種食品，價廉物美，從不覺得有什麼名貴！現在則什麼都講究包裝。茶葉的裝璜更是精緻。彩繪的鐵罐，放在綢緞的盒子中，古色古香。有些朋友，當它藝術品來收藏，茶倒不一定欣賞。這些號稱是極品的好茶，不少還夾雜了粗茶梗。據說，現在連豆腐乾，也一片一片地包裝呢！

現在是一個包裝的社會。如果說包裝不重要，那也是閉了眼睛說瞎話。最近在電視上看到一則有趣的新聞。一位年輕、得過美國葛萊美獎及歐洲很多獎的年輕小提琴家貝爾（Joshua Bell），在紐約地鐵，作了一次社會測驗。他在大門旁抑揚頓挫地演奏了幾小時。在上千出出進進的人群中，只有七個人停下來給錢，大多還是小孩。他所得的施捨是美金三十二元。廣播員說：他開演奏會時的一張票，通常就要賣一百元。據說不久他要去世界各地演奏，還要去北京；到時經過宣傳、廣告以後，將大不相同，盛況可以預期。

當然，廣告也是包裝的一種。即使貨真價實的東西，也需要包裝，也需要廣告。美國超級足球賽時，每一分鐘的廣告費是美金一百萬到一百五十萬元左右。像可口可樂、通用汽車公司等老牌公司還是要搶登廣告。為什麼呢？一方面因為競爭劇烈、一方面怕大眾善忘。廣告原是無辜，只是一種工具。問題在於不實的廣告。目前有些廣告，已和欺騙或謊言涇渭難分。以最近台灣的一樁「謝老師案」為例，說是有一、兩萬人聽信他請的社會名人、美女為一家推銷公司的產品代言，聲稱可以減瘦、增高、隆乳等等，被騙者的損失，據說有數億元之鉅。我不知道謝老師是何許人，他（或他們）可以想出這種現代人夢寐以求的新點子來行騙，準是一個天才，只是用錯了地方。

包裝和廣告常使商品真假難分。假貨、假藥充斥市場。大陸上流傳一則笑話。說有一個老農，買了一袋種籽，辛辛苦苦地播下了田，但是久久不會發芽。後來才知道上了當，買的是陳年劣種。一氣之下，他買了一罐農藥喝下去，結果不死。慶幸之餘，要兒子買了瓶酒來慶生，結果倆人喝完後，反而死了。原來所買的全都是假貨。

現在的廣告，不要說老農弄不清，就是一般人也會覺得處在五里霧中。什麼產品都扯上了美女，為的是吸引觀眾。有時將風馬牛不相關的東西，都連在一起。如癩蛤蟆和啤酒、四腳蛇和汽車保險、以及帝王和垃圾袋等等。我常常想，這些設計廣告的人比寫現代詩的人還要新潮；詩人應該向他們多多學習才對。

從前我們常說：社會上是只認衣衫、不認人。衣衫就是一種包裝，使我們看不透真實的一面。現在的包裝技巧，藉圖片、文字、聲色、傳媒、代言等等，影響擴大、無遠弗屆。而現代人又如此忙碌、缺乏時間去思考和深究。大家相信報上載的、電視上播的，和網頁上寫的。有人就利用這些媒體來包裝推廣，所謂「赤裸裸的真理」人們是不可能看得到的。

三十年前我在中南美洲一帶工作。去過很多軍人主政的獨裁國家。那裡的大部份老百姓都被執政者的宣傳，蒙敝了眼睛。這些國家都有人民代表、都有議會；政治上的種種作為，都說是為了老百姓。芸芸眾生，那一個能看得透這種政治的包裝技倆呢！我常常想，希特勒靠了什麼能欺騙這個產生貝多芬、歌德、席勒等等的優秀國家？為什麼在那一代有這麼多人跟他一起瘋狂而至毀滅？這豈不是憑了日夜的宣傳和刻意的包裝，使人看不到真相嗎？就是到了現在，許多民主國家的執政者，也常做出了不民主的勾當，如假造民意、政治干涉司法、抹黑、提供偽證等等。以為只要用巧妙的語言、和民主的外衣來包裝，就可以一手遮盡天下人的耳目。悲哉？

我常常想：怎樣才能借一雙真知灼見的眼睛，去看破這層花花綠綠的包裝，見到事物的真相呢？

二〇〇七年四月十四日

誰來為你服務？

從前，我們常常看到或聽到「服務第一」、「服務至上」的口號或廣告，覺得走到那裡都會有笑臉迎人的員工前來迎接你。這種現象，在美國會愈來愈少，將來的趨勢，要你自己動手，要你自己服務自己。去銀行、去郵局、去商店，會看不到人！

不信，請看看最近這期《時代週刊》（三月二十四日）的文章，這篇名為〈終結僱客服務〉的短文，屬於這期推出的「改變世界十大觀念」之一。文中說，很多公司喜愛僱客自行服務，藉以減少人力及成本。商店、公司、銀行、群起效尤。慚慚地商場將普設自行算帳機、自動退貨機；餐館設置自動點菜機、機場也要設立自動驗票放行機等等。最不可思議的是連醫院急診室、也要設立自動點觸器，要你先告訴醫生，身上那個部位有病。

美國從前以產品行銷世界、傲視全球。記得在二次世界大戰以後，美國的原子筆、玻璃絲襪、克寧奶粉等等在中國家喻戶曉；稍後是派克鋼筆、蜜絲佛陀化妝品、福特汽車等。但曾幾何時，這些產品不是銷聲匿跡、就被其他國家的品牌壓倒。

從一九八〇年代起，美國就著重所謂「服務業」。勞力生產方面，給別人去做。十五年前，我在《世界日報副刊》上曾發表過一篇短文：〈美國的隱憂〉，文中就說過：所謂服務業，就是把人家生產的東西，搬來搬去，賺了大錢。保險、廣告、包裝、行銷、金融等等，中間加了不少錢。有時賺的錢，比生產者還多。這雖無可厚非，但不事生產，只重服務，總是有本末倒置之感等等。十多年來，美國生產事業，每下愈況。連獨霸的客機市場，也快要給歐洲攻佔。以後只能靠賣原始農產品、以及軍火度日。

看看這十五、六年來，我們的衣著和日常用品，那一種是美國出品的？多年前，美國最大的華爾商場（Wal-Mart）表示要愛國，掛滿了「美國人要買美國貨」的標示，結果從他們那裡買回來的東西，全是中國貨，這真是一大諷刺！現在中國生產的貨物，充斥市場。報載，有人試過不再買中國貨，結論是根本行不通！中國的低廉工資，抑平了美國的物價，但美國的貿易赤字，則與日俱增。

美國多年來不著重生產，到了現在，連服務工作也要銳減。很多工作，都交給國外去做（out sourcing），如印度和中國。反正網路快捷，算帳、報稅、科技、編輯、文書等等，均可朝發夕回，省錢不少，但也為人詬病。社會上的失業率不是要增加了嗎？從前是工人失業，不久將來要波及白領階級。

近來社會上的服務是愈來愈差。搭飛機旅行，今非昔比，大家都有同感。將來可能要自備餐點、飲料和被氈才能上機。即使是日常的付帳、查詢、要求技術支援等等，也使人覺得不便和厭煩。例如，開一張支票付帳，對方要求你不要忘了附上帳單，支票上不要忘了寫上你的帳號（常常是十多個號碼，其實帳單上已經列出），帳單上的地址必須顯示在信封上的窗口，支票必須附在帳單後面的左上角，有些信封上還要寫上帳號等等。我有時在想，他們僱了收帳、出納員要作什麼？他們要省力、省時，那末我們僱客呢？又如，現在打電話要求技術支援、詢問、或辦交涉，也使一般人視為畏途。對方用錄音回答：先要你在一、二、三、四中選一號碼、再要你打入你的個人識別（如電話、帳號等等），再要你進一層選碼或等候真人回答；常常只聽到音樂和廣告，等上七、八到十多分種才有真人回答。有時還會說：你應打另一個部門去詢問。你的血壓不增高才怪呢！

有很多的所謂僱客服務（consumer service），現在都減少人員，只是形同虛設、淪為嘴上服務（lip service）。有一次，我買了一個電腦軟體，封面上說明可以技術支援。過不久打電話去求助，卻答說：請轉打某處，若是技術解答，每分鐘要收費等。我算算，一個電話打下來，等於賠上半個新的軟體，還是自己慢慢解決、不求人得了！

多年前，去上海一家飯館午餐，進門時看到一排穿有粉紅裙裝的妙齡少女、共有十多人，鞠躬迎賓。使我這個住在美國的鄉下佬，一方面感到飄飄然，一方面覺得浪費人力。這種情形，我想在中國也不會太久。至於在美國這類的國家，將來誰會來為你服務？這個問題的答案將是：機器、機器人、或你自己。

二〇〇八年四月四日

牛年戲筆

農曆開春以來，牛氣充天。我屬牛，今年是我的本命年，因此，特別關心和牛有關的活動。台灣電視上映出廟前的金牛，元宵的水牛花燈，以及可以旋轉的、所謂「牛轉乾坤」，都使我感到吾道不孤。據新聞報導，歐巴馬也是屬牛，上任以來好像牛勁十足，一心為老百姓做牛做馬。太平洋兩岸有一牛一馬，都在提出救急方案，紓困解窮。是否能使社會上牛衣對泣的家庭，不久可以牛轉厄運？是否可以使一般中產階級的投資，由熊市變成牛市，就要看牛年今後的演變和造花了！

台灣自農曆年以來，其實最最興旺的不是牛，倒是熊：貓熊。這對團團圓圓，從前入島無門。我曾寫過一篇短文〈Panda〉（那時不知要用熊貓還是貓熊），建議可以將他們圈養在上海浦東國際機場，使台灣等不及一睹芳容的人，可以就近去大飽眼福。現在則用不到了！從電視上看來，貓熊的憨態，的確逗人可愛。以後罵人家「熊樣」就得想想貓熊，說不定被罵的人還覺得高興呢！聽說團團圓圓，初來時水土不服，也吃不慣台灣的竹子，他們胃口甚大，如此下來，豈不要餓壞？後來聽說已經習慣，包括愛吃箭竹，使我覺得心安不少；台灣天然生的箭竹很多，在高山上長得滿山遍野，就是把大陸的熊貓，不！貓熊，全部送來，也無問題。

自從貓熊移入木柵動物園以來，其他稀有動物就少受青睞。台灣獼猴，恐怕更是門前冷落，物以稀為貴嘛！其實，猴子的玲瓏矯健，沒有其他動物可以比得上。小時候在街頭看猴戲，記憶猶深。猴子像人，是我們的近親。我想，人們的喜歡猴子，乃是一種本性。我們在潛意識中看到未進化前的自己，猶如有些人發跡後、喜歡探望窮朋友的那種優越感。連乳臭未乾的幼童去餵猴子，也會覺得自己變成父母般的大人。據說中世紀的西班牙婦人，如嫌自己長得不夠動人，出門時就肩負一隻猴子。這樣不但可以引起注意；和猴子的毛臉相比，她們究竟要可愛得多了。

猴子的故事，各國都有。在吾國的傳統文化中，最神的當屬《西遊記》中的齊天大聖。他在天宮中雖祇是個弼馬溫；他翻不出如來佛的大手掌；唐僧只要念咒、他就屈服；但在我們、尤其是兒童的心目中，他是一個出神入化的大英雄，比西方崇拜的超人（Superman），武藝高強得多。猴子在印度神話及傳說中的地位，想也不亞於中國。他們將猴子奉為神明，在廟中供養。都市中的猴子，像散兵游勇，無人能管。以新德里為例，因猴子闖入政府辦公室、旅館、和一般民宅，翻箱倒篋找尋食物。而且，恫赫觀光客。有人即建議將之驅逐或取締，動物保護及宗教人士則大肆反對。最後鬧到最高法院才判定可以驅除，可見一斑。據說，在印度的很多鄉鎮，更是猴子為患，要想驅除，環保人士就說，這是人類侵佔或毀滅了他們的領域（森林）的後果。

這使我記起，最近在網路上的一則有關印度猴子的故事，不但有趣，而且富有教育意味。現代人必須一讀，茲將記憶所及，縮寫如後。

有一個外埠的商人，到印度窮鄉僻地去收購猴子，每隻出價一百個盧比。村民們熱烈響應。第一批數百隻收完後，商人又加了倍出價二百盧比，村民們就去附近山林捉很多來換錢，真是皆大歡喜。不久，商人的助理宣稱，老闆因現鈔不夠，已去城裡取款。但他又對村民偷偷地說：老闆這次回來，再用一倍半的價錢（五百盧比）來收購，現在猴子不多，但你們可以用三百盧比先買回猴子，到時出售，可以每隻淨賺二百！村民們對此頗有信心，很多人就各傾所有，聯合買回全部的猴子，靜待賺錢。但等了一周，不見老闆回來。最後，連這個助理也溜走了！才知這是個大大的騙局。最慘的是，此乃雙方願意的交易，無法追究或控告！

我一直不懂這次全世界金融海嘯的肇因，祇知有人太貪，但不知為什麼有這麼多人上當？讀了這個故事，使我部份了解近來房地產、股票泡沫破滅的騙局，以及華爾街人士的偷天換日和貪婪真相，扼要而易懂，勝過經濟上的大篇理論。在此金融及經濟上大家受損，期能「牛轉乾坤」的一年，一般投資的家庭，應該三讀這個猴子的故事！

二〇〇九年二月二十六日

貪，是好還是壞？

不久前我在一個電視節目中，看到討論「貪」（greed）是好還是壞的問題，使我感到既新鮮又吃驚。在吾國的傳統中，「貪」就是一個壞字，不需要討論。貪財、貪色、貪食等等，都是要戒免的。但在這個節目裡，他們解釋說，貪也是一種原動力，一種對金錢、物質、環境改善等永無止境的慾望，是人類向上躍進的根源。他們也用了幾個實例來加以說明。例如，以盈利為主的公司，比官方或不以盈利為目的者，效率要高得多。又說，很多人在年輕時貪錢，拼命累積財富，後來又大做慈善事業，回饋社會等等。這使我記起，胡適之先生多年前在台北的一次演講中提到，美國人拼命賺錢、拼命繳稅、又拼命做慈善事業，都為了創造一個好的紀錄。這也可以當作「貪」的一個正面的註解。

電視上對貪的討論，緣起於多年前的一部電影「華爾街」（Wall Street）。由麥可。道格拉斯（Michael Douglas）主演，他還因此得到奧斯卡的男主角獎。在戲裡，他以劇中人的身份作一次演講，說貪是對的（Greed is right）。又說，貪已造成了人類的激進和向上。

我覺得，中文裡的「貪」，和他們的「greed」，在語意上也許不盡相同。按韋氏大字典的解釋，greed的定義是「渴望獲得比一己應得的、或需要的更多」（Desire for more than one needs or deserves）。這個解釋，很有商榷的餘地。什麼是一個人的應得及需要呢？這不會隨時代、社會、和個人而改變嗎？在顏回看來，一簞食、一瓢飲已經足矣！我的詩友周夢蝶，一天只需要三個白饅頭。我們從前只需一輛腳踏車代步；現在則覺得非要有一輛汽車不可。據報導，很多的美國巨富，每隔兩、三年就要更換坐機、遊艇、甚至豪宅一次，以求更新及更好的；在他們看來，這也是需要的！

貪字在《辭海》上的解釋是：「求無厭足」。這和吾國的傳統「知足常樂」；「安貧樂道」；或「逆來順受」，都是違背的。中、西對這個貪字的看法，確有不同。西方對貪的解釋，也許還包括積極、冒險、競爭、改變環境的含義在內。果如此，貪倒是有它好的一面。五十年前剛來美國時，有一友人，要我舉例說明中、西不同時，我答稱，中國人對山的態度是「相看兩不厭」，你們是非征服它而後快！我們順從自然，你們要征服、甚至要改變自然環境。他聽了說，你們也太保守和消極了！

這次美國引起的全球金融海嘯，是貪的負面結果。幾乎全是華爾街貪得無厭的一群所造成的，全世界為之側目。像美國的保險鉅子「國際集團（AIG）」那樣，政府已陸續補助他們一千六百億美金，以作挹注，最近還報導虧損四百億，他們竟拿了政府、也是繳稅人的錢來發紅利，計有一億六千萬元之多！七十餘人，每人給一百萬到六百萬元不等。這使全國譁然，郡起抗議，促使國會立法，課以重稅。其實，去年幾個有名的投資公司及銀行，拿了政府補助款，早已發放了百億花紅。他們表面上的理由是競爭劇烈，必須留住經管專才。其實是貪字在作祟。據報導，有不少投資公司在往年賺錢時，先給自己人拿掉50%，剩下來的才分給成千上萬的投資人，這不是貪、是什麼？

貪，一旦養成習慣以後，恐怕就無法自制，要靠社會或法律去裁制。早在二〇〇〇年高科技泡沫破滅後，當時美國聯準會（FED）的主席就說過：傳染性的貪婪（infectious greed）是造成這次危機的原因。一位有名的教授也進一步說，貪婪會越出常軌，需要訂立規定，加以管制。言猶在耳，這類由貪而釀成的危機，近年卻愈演愈烈；受害的人愈來愈多；受創的時間，也愈來愈久！

從上述種種看來，貪，似乎可分為好、坏兩種。一種是用競爭、但合法的手段來不斷地牟利，聚財。等到富甲一方以後，就用來做慈善事業，以回饋社會；不留多少財富給子孫。如電腦軟體巨子蓋茨（Bill Gates）、股王巴費（Warren Buffett）、以及CNN的創始人泰納（Ted Turner）等等，捐出了十億到數百億美元不等，有的竟是白手起家。貪的另外一種，是不法地巧取豪奪，甚至貪別人辛苦賺來的錢。前者的貪，也許可以解讀為「有雄心」，一般人也會接受，甚至讚賞；後者的貪，則肯定為大眾所不齒，甚至痛恨！

二〇〇九年四月十日

要做螞蟻、還是蚱蜢？

一九六一年我第一次訪美時，除讀書外尚有機會到各州去考察。那時，台灣經濟還未起飛，一般公教人員的月薪還在五、六十美元左右。普通家庭還在用煤球和土冰箱。初來乍到新大陸，真像進入了奇幻世界，目不暇給，一切都覺得新鮮。有一次去參觀農部的試驗所，一位家政人員正在介紹一個廚房，裡面琳瑯滿目地陳列著電冰箱、電灶、洗碗機、食物攪拌器、果汁機、開罐機等，說是在試驗按放位置和耗費熱能的關係，以及碗櫃的高度和主婦、孕婦的受傷可能性等等。我看了就隨即發問：你們的一般農家有這種設備嗎？意指他們是在為有錢人做試驗。但當事人卻回答說：我們農家的廚房大多有這類設備。我聽了只是將信將疑。後來，我到十多州的鄉下去參觀，才知此言之不虛。很多農家的大型耕作機，更是昂貴得嚇人，廚具實在算不了什麼。

除覺得美國富庶以外，當時另一個深刻的印象則是浪費。食物的糟蹋、紙張及紙匣的浪拋、水和能源的耗廢等，都使我這個惜紙、惜食、省水、省電、從克難中成長的訪客，感到吃驚和不安。而我，來美的主要目的又是學習Conservation（保育、資源保育）。記得有一次，在喬其亞州召開的保育大會上，我在放映台灣的幻燈片後，曾說：美國的水土資源保育，為世界的楷模，但從我的觀察，覺得社會上一般大眾的行為，卻是反其道而行。那時很多的與會人士都認為這是坦誠之見，並承諾今後要特別加強大眾教育，使我感到欣慰。但在用餐時，我卻聽到鄰桌有人在說：美國並不是一個需要節省一針一線的國家！我聽了，印象至深，迄今難忘。

雖然我信奉節儉，也常說，夠了就是夠了（Enough is enough）。但在來美後的二十多年中，受不了社會上鼓勵消費的引誘，也不知不覺地入境隨俗。例如，從前在台灣時，我雖在待遇優渥的中美合作機關工作，但長年也只有三數件白襯衫，幾條西裝褲、一、二身西服而已；現在則掛滿一個壁櫥還是不夠。從前整年穿一雙皮鞋、到破才換；現在有各種皮鞋十多雙，平時外出卻只穿一雙跑鞋；從前連自行車都沒有；來美後有好幾年還購備了一輛高級轎車，一輛休閑車，僅有我一人駕駛。從前有電視一台已經滿足；現在則客廳、書房、臥室各置一台。從前剛遷居來美時、購物用現鈔，錢不夠時就不買，後來改用支票，從不透支；現在則用信用卡，簽了名再說。雖然是時代及環境不同，雖然和一般中產階級的消費相比，並無特殊之處。但是，漸漸地由儉入奢，卻無可否認。人，確會隨環境而改變的！

在這個以消費刺激生產的社會裡，既使你坐在家中，各式各樣的引誘也會接踵而至。電視裡各種賤賣廣告，信箱中塞滿優惠打折的信件；打開電腦、收音機、報紙、雜誌，也無處沒有誘人的廣告，使你無處可躲。他們都在對準你的荷包，美其名曰：多買多賺（More you spend; more you save）。結果，你買了很多不太需要的東西，也欠了一大筆帳。據最近的統計。美國人在這次金融海嘯前的儲蓄率已降到了零；每戶的信用卡債務平均在一萬美元左右。大家欠帳亂花，透支度日，經濟豈能不垮？至於在資源方面，美國人每年丟棄了十億張廢紙；住家草坪上使用的水和肥料，足供全世界落後國家農業生產之用；人口只佔世界的5％，卻耗用全球25％的能源。能勿使其他國家人士覺得過度浪費！

這次經濟大衰退以後，很多人都有所覺悟，對以前這種揮霍無度的生活，要痛加改正。如大幅地減少出外餐飲、電影娛樂、鞋衣添置、駕車及旅遊等。以前認為是必需的，現在也可以減免，努力尋找新的目標和生活。最近，《時代周刊》在四月中旬連續登了幾期有關這方面的專文。有一期的封面標題是「揮霍的盡頭」（The End of Excess）。說今後大家在購物或賒帳前要多多節制；即使在經濟復元以後，也要在添置第三輛汽車和第四台電視前，仔細考慮其需要性。其中最生動而有說服力的，乃是引用伊索寓言中螞蟻和蚱蜢的故事。並說美國人兼有這兩種性格：螞蟻的勤勞、蚱蜢的放縱。蚱蜢譏嘲螞蟻為何要終年辛苦工作和貯存食物；不像他那樣能夠到處遊盪、及時享樂。可是，到了冬天，蚱蜢則餓死了！因此，這篇文章呼籲大家要喚醒內心中、螞蟻刻苦耐勞及未雨綢繆的精神，壓制蚱蜢那種恣意放浪的行為，重新做人。認為當前的危機，正好賜給人們一個良機，可以好好考量今後的生活方式和如何生存之道。

可是，美國的經濟七、八成要靠消費者的花費，如果大家就此袖手，經濟能恢復得過來嗎？這種以消費來刺激生產及繁榮的體系和制度，行之已久，一時能改得過來嗎？有沒有更好的替代方案？或確有改革的必要嗎？我想，這些都是社會和經濟學家的課題。一般百姓能做的，該是衡量自己的財力、年歲和需要，在螞蟻和蚱蜢之間、慎選一種適合自己生活的方式即可。

至於我自己呢？雖已退休四分之一個世紀，不需像螞蟻那樣地為將來拼命貯存，但也絕對不會去過那種入不敷出的生活（Living beyond our means）。只想在消費和收入之間，求得一個平衡。不奢不嗇，恪守吾國優良的傳統：中庸之道。

二〇〇九年五月十二日

杞人憂天？

十七年前我在《世界日報》副刊上發表過一篇短文：「美國的隱憂」，文中對當時美國正在大力發展服務業（Service），頗感憂心。認為重服務而輕生產，乃本末倒置。文中有一段用淺例解說，大意如下：

一頓糧食經過保險、包裝、推銷、運輸、貯藏、廣告、出售等等，還是一頓糧食，中間卻加了不少價錢。中間人賺的，往往比生產者還多。雖然這類服務業是必要的，但如果這一頓糧食沒有生產出來，中間的服務業就無事可做。重服務而輕生產，是本末倒置。美國現在經濟上的最大隱憂，在我看來，就是生產問題。工資貴、成本高、品質也不一定能和別國競爭。很多民生用品，全靠進口，結果付出了鉅大的代價——國家赤字增到天文數字和大批的失業。

這篇短文刊出以後，當時友人就說：你是杞人憂天！美國經濟厚實，有什麼可憂的。要是美國經濟出了問題，全世界都會隨之崩潰，現在全球不都是欣欣向榮嗎？被他一問，我倒是有些語塞。想想自己不是學經濟的，那時到美國也不很久，只是平時觀感所得，一抒己見。也許我是坐井觀天、瞎子摸象。因此。我後來結集出版散文《可臨視堡的風鈴》時，將這篇短文摒棄在外，意在藏拙。

可是，最近十多年來，美國很多服務業的工作，多外包（out sourcing）到別的國家去做，減低成本是主要的考慮。據說，同樣的工作及資格，僱用一個美國人的費用，可以在別的國家僱用三個人。現在電腦網路發達，文件輸送快捷無誤，助長了這種外包業務。我起初還以為不甚普及，有一次因電話帳單問題，電詢這家公司的僱客服務處，結果是一位「Yes, Sir」回應不絕的印度人接的電話，才有所覺悟。據說，不但電話公司如此，其他如銀行、保險、會計、律師、金融，電腦軟體、資料管理等等服務業，也是如此。今年五月份美國的失業率已達9.4％，為二十五年來最高者。服務業外包的嚴重性，已使總統奧巴馬申言要設法降低或阻止。

當初要大事發展的服務業，如今卻害了自己人。金融海嘯為害全球的公司行號，不也是那批貪婪的服務業者——那些始作俑者的保險公司、銀行、投資公司、股票掮客嗎？不但美國人的資產平均損失了30％—40％，也使世界各國的成長率倒退了幾個百分點！不但在金錢物質方面受損，也影響了年輕人的工作、意願、甚至精神生活。大家現在都喜歡坐冷氣間、做中間人、想賺大錢。美國上一代那種腳踏實地、冒險犯難、刻苦耐勞的精神，正趨式微。我從教書的經驗中就可以覺察，現在讀研究所的學生，做論文時，大多只想用現存資訊，套套電腦模式（modeling），不想實地去調查、勘察、搜集資料，然後再研究分析。最近有人在網路上大嘆苦經，說是找不到工程人員；並說現在念商科、文科的佔大多數，念工程的太少。這不是沒有原因吧！

至於生產方面呢？你如果去超級商場任意購買十樣物品，恐怕十有八、九是國外產品。美國本來是傲視全球的汽車王國，現在連王牌公司：通用汽車公司（General Motor）也在六月初宣佈破產。他們經營不善、競爭不力。當然，人工貴、成本高、工會要求多、都是原因。但嚴格地來說，這是急功近利的後果！我不相信，他們的技術不如人；也不相信，他們做不出價廉物美的汽車。非不能也，實不為也！美國的企業主管，大多放眼在每季（三個月）能賺多少錢上。新上任者，更是要放三把火、裁員、精簡支出、並促使銷售增加。產品凡是現在好銷，就大力推銷，不管前景如何？好像前一陣的越野休閒車（ＳＵＶ）一樣，大家搶著製造。不顧汽油上漲，不顧一般僱客都要改買省油汽車的潮流。

我記得不久前，看到一本紀錄片「誰謀殺了電力汽車？」（Who killed the electric car?）片中敘述：在九〇年代通用公司已發展好這種電車（ＥＶ-１），性能相當不錯，一次充電可走六十到七十英里（合一百公里左右），足夠每天在市區內行駛。但後來因為需要公司大量投資、又受油商、銷售商等等的壓力，就將之扼殺。最後，看到一輛輛電車送往廢棄場，給我的印象是浪費和惋惜。據說，通用破產以後，將來瘦身後的新公司將要重起爐灶，致力於製造廉價、節省能源的汽車，電力車，以增加競爭力。

美國經過最近種種經濟上嚴厲的教訓，無論企業界和個人都會有所醒悟。革故鼎新，脫胎換骨，脫困復蘇之日，想也不遠。到那時，就不需要我們這種泛泛之輩，再為之「杞人憂天」了！I hope。

二〇〇九年七月四日

五十年的變化

網路上傳來一篇短文，題目是「祖父年紀有多大？」有一對祖孫閒談時局，祖父說：讓我來想想，我出生時還沒有電視、配尼西林、小兒麻痺症疫苗、隱形眼鏡、全錄拷貝機。那時原子筆、冷氣機、洗碗機等還未流行，衣服都晒在後院。當時，也沒有電動打字機、調頻無線電、更沒有光碟。一提到日本貨，大家都知道是蹩腳貨。吃的方面，還沒有優格、披薩店、和麥當勞。說到pot，只指廚房的餐具；chip只是木片，AIDS是校長的幫手；hardware是五金店的東西。那時，男人不帶耳環，也從未聽到過同性戀的權利（gay-rights）等。物價便宜得很：汽油一加侖只要美金一角一分；一瓶百事可樂是五分錢；國內的信也是五分；一輛汽車，如Chevy Coupe僅六百美元等等。

這篇文章到最後才給讀者答案。我在閱讀時，感到文中所說，依稀可憶，猜想和我的年齡相仿。那知文終的答案是五十五歲，他僅是一個生於一九五〇年的後生而已！

這個世界變得真快！據我所知，最近十年來的速度更加驚人。人體遺傳的基因圖已經完成；拷貝寵物已不稀奇；新型太空飛機不久可載客遨遊；我們已可探測火星及土星；在網上通話，可和地球那邊的親友即時的面對面說話；納米（Nano）科技的發展，將使我們的日常生活，起更大的變化。從這一切看來，好像是人類的前途，真是一片燦爛。

但我們如果回顧一下五十年來人類的遭遇，真是天災人禍，接踵而至。颱風、洪水、地震、火山爆發、和最近的海嘯，死傷纍纍。現代的科技，還不能全面預防天災，遑論消弭？最可怕的是人禍：戰爭、陷害、自相殘殺。這五十年來，有過韓戰、越戰、阿富汗、伊拉克等戰爭，有的出師有名，有的另有目的。不少戰爭，到最後用和談了結，白白犧牲老百姓的生命和財產。那麼，為什麼不能早早和解？現在冷戰雖以結束，全球的恐怖戰爭又方興未艾。最不堪的就是一國之內的互相殘殺。不管是為了信仰，或為了種族偏見。柬埔塞的大屠殺場（Killing Field）；大陸的文革；以及南斯拉夫、盧安達、剛果、賴比利亞、蘇丹等等的內戰，動輒死傷數十萬到百萬人，生命不如螻蟻，人類還有什麼尊嚴可言？據聯合國的報導，在這五十年中，該機構先後派出五十四批維和部隊，到世界出事地區去維持和平，一年經費最高時達美金三十六億，可見一斑。這些經費，如用作醫務、教育，那有多好！

科技的進步，也會帶來人類更大的災害。美國幽默家羅吉斯（Will Rogers）曾說：你不能說文明不在進步，因每次戰爭，他們都用新的方法來殺掉你。今後五十年世界會變得如何？是不是會和平一些？我想，最樂觀的人，也不敢作此預測。英國一位政治家安德魯。勞（Andrew Bonar

Law），說過這樣的話：我不相信有不可避免的戰爭，我認為戰爭是由於人類的愚蠢（due to human folly）。我們海峽兩岸今後五十年的命運如何？就要看國人的智慧了！

二〇〇五年二月二十五日

預測

最近，美國哥倫比亞電視台有一則報導，說是在一九八六年時曾預測廿一世紀初的狀況。例如：只要靠藥物就可以將阻塞的血管打通、就可以預防禿頭、防治各種癌症；畜牧育種可以產生牛隻大如巨象；汽車可以靠口令行駛；美國人每天只要工作六小時、每週三十小時等等。結果呢？二十年前的預測，好像大多數沒有測準。該台以後也就不再妄測。這個報導的結語是：不要去管明天吧（forget about tomorrow）。

從新聞報導的立場來看，世界上當天發生的事已經報導不完、分析不盡，實無法顧到明天。但是，人、怎可不管明天？社會上大部分的人，都急切地盼望明天、嚮往明天、要想知道明天會如何如何。買獎券的、做股票的、當官的、更想預知明天。現在，各國還有未來學會（Futurist Society）的成立，發行期刊，盡是預測未來。

預測未來，談何容易？世事千變萬化，豈能盡如人料？例如：南亞海嘯發生前，在海灘上戲水的人，豈知下一刻的滔天巨浪？一九七〇年代的能源危機，全世界束緊褲帶，記憶深刻，現在怎又會讓它再蹈覆轍？又、明明可操勝券的一場選舉，一夕之間，風雲盡變。隨你有多少人才、智慧、科技、儀器，也不能全般測準。

即以每日都要預測的氣象來說吧，擁有超級電腦，一秒可計算千億次，也常常測豁了邊。五十年前，我寫過一首〈氣象家〉的諧詩，說天氣常和氣象家尋開心，你說下雨，我偏晴。最後一段如下：

「你們且慢責備他，」
老天說：「他有他的儀器，
我有我的脾氣。」

這雖是半世紀前的遊戲之作，但到了今日，氣象預測還不能完全摸透老天爺的脾氣。預測豈是容易？誠如西諺所說，世界上只有兩件事是必然不變的，那就是繳稅和死亡。莎翁《馬克白》一劇中的名句：「明天、明天、和明天」（Tomorrow, and tomorrow, and tomorrow），說的也不外是死亡。

雖然如此，我自己也曾妄自預測過。在上世紀末、為了迎接千禧年，我連續寫了一系列三篇文章，總稱為〈臆測未來〉，收在我的散文集：《可臨視堡的風鈴》中。這三篇文章，用當時科技的發展為據，臆測一千年後、第三個千禧年時的種種，包括人類的起居環境、社會的變遷、地球和太空的關係等等。其中有多少會談言微中，有多少只是天馬行空？要請讀者到那時再告訴我罷！

二〇〇六年六月十五日

二〇二九年的頭條新聞

最近讀到一篇幽默小品，題目是「二〇二九年的頭條新聞」，雖然大部份說的是美國，卻不乏一般性。但因只有頭條，讀者還需用自己的想像去詮釋。

關於一般人最關切的繳稅和物價方面，有如下的頭條：「國稅局的最低稅率訂在75％」和「國內一封平信的郵資為17.89美金」。我的詮釋是：這意味著美國的赤字將愈來愈大，一方面是貿易的逆差，一方面是軍費的增加。布希總統曾言，美國要支持全世界民主人士對抗獨裁和恐怖份子。果如此，則費用實難負擔，物價必定飛漲。文中又說：「郵差只在星期三送信」這是在挖苦郵政局，只知漲價，不重服務。也許，那時大家都用伊美兒，也沒有什麼信可送了！

在醫藥、健康、和環保方面，也有幾條，頗引人深思。有一頭條說：「經過八十五年和七百五十八億美金的研究，得知節食和運動可以減瘦。」誰不知道？真是一大幽默！

但此條的言外之音，在於暗示醫藥報告的莫衷一是。例如，喝咖啡究竟有益有害？不時有兩種相反的結論；維他命E對人是好？是壞？現在還在辯論中；用了多年的關節炎和止痛藥品，如Vioxx、Celebrex等，現在回頭來說是對人體有害，引起控訴或聽證，鬧得舉國譁然。因此，要說服大眾，同一題目還得一直研究下去。另一標題說：「美國人的平均體重現已跌倒二百五十磅」，這是減瘦的成果嗎？一笑。

在環保方面，有一標題：「斑點貓頭鷹（Spotted Owl）嚴重威脅到美國西北部的農作物和家畜」。這意味著保護得過頭了！環保人士過份的熱心，常常不能看到社會上其他的需要。幾年前，克林頓總統曾調解過，保護貓頭鷹和社會一般人的需求，要取折衷和平衡的辦法，結果是兩面不討好。環保界的勢力，豈可小覷？

政治和社會的頭條是：「卡斯楚活到一百一十二歲，今後古巴的雪茄可以進口；但柯林頓女總統（Chelsea Clinton）已經下令全國禁止吸煙」。又說：「布希的一個孫輩（George Z. Bush）要在二〇三六年競選總統」。這兩則頭條，暗示著美國奈何不得古巴，而布希和柯林頓兩家，都有變成朝代的可能。幽默之詞，姑妄聽之。

使人啼笑皆非的是一條「政府的新法令要求所有的指甲刀、螺絲起子、蒼蠅拍、和捲好的報紙，在二〇三六年元月前登記完成」。這是在諷刺九一一後政府雖然愈管愈多，反恐卻未成功，而飛行的安全，到那時還大有問題。

最最挖苦的頭條是「日本科學家發明一種照相機具有高速的快門，他們可以拍攝到一個長舌婦閉嘴的剎那」。除說明日本人的發明，無微不止外，這位短文的作者，深怕開罪女仕們，立即在這一條的最後，加上括弧註明說：嘿！我只是轉告，那頭條不是我寫的！

二〇〇五年五月二十日

末日來臨？

最近的以黎戰爭，震驚全球；許多基督教徒，用聖經的啟示錄來引證，說這是世界末日的先兆。你相信嗎？人類對世界末日的恐懼，已非一日。每隔多少年，總有些這方面的報導。預言家們把日子都預定好了。到時，相信的人會整日祈禱、或在日出時去山頂跪拜、甚至集體自裁。在此科學掛帥的現代，有人能迷信如此，真不可思議。近年來的預告日期，則有一九九九年的七月，以及今年六月（因不吉利的六字出現三次即06/06/06之故）。大家還不是安然地度過來了嗎？現在，又有人從中美瑪雅族的曆法中算出，世界的末日將是二〇一二年的二月十二日，人類只剩下六年可以生存。你相信嗎？

世界末日這個題目，年來廣受社會的關注和討論；想是受了這幾年全球一連串恐怖事件、和戰火頻繁的關係。這個題目，不但有了電影（布魯斯．威利斯主演），還有一本暢銷書Glorious Appearing: The End of Days。這本宗教書籍，聽說已狂銷了六千二百萬冊。有這麼多人關注，你相信嗎？

天下很多事情，信不信全在一己的經驗，或在一念之間。像中國的算命問卜和風水，到現在還有很多人相信。說全是迷信，也不盡然。親友之間，常有靈驗的報導。算命問卜，可能和機率或統計有關；風水則具有大自然法則及生態環境的涵意。只是我們不能全盤解釋而已。其實，科學也有它的盲點，科學也在日新月異的更新和改進，大自然中有很多現象，猶待進一步的詮釋。

例如，最近天文界有兩件大事，改變了我們對宇宙的看法。第一件是：在今年八月中旬於捷克首都召開的國際天文聯合會（The International Astronomical Union）中，行星的定義，被重新訂定，使太陽系的行星從九個改為八個。全世界的教科書，因此要重新改過。第二件大事，與世界末日有關；在同一個會中，專家們特別討論到如何加強對「接近地球物體（Near Earth Objects）」的觀測、監視及預警。據說，太空中有十萬多個大大小小的此類物體，可以撞擊地球，其中有一千一百個這樣的殺手（Killer Objects），接近和危及地球，有些直徑可以大到半英里或幾個足球場不等，其中如有一個小隕星撞上陸地，可以毀滅像紐約這般大的城市；如果撞入海洋，也會造成比二〇〇四印度洋海嘯更大的災難。

不要以為這是杞人憂天，科學上有一種學說，認為恐龍的在地球上消滅，就是因為在遠古的時代、有一顆大隕星撞擊在今日的墨西哥，造成塵煙蔽天，經年不散，使地球上大部份動植物均不能生存之故。即使近在一九〇八年，西伯利亞人跡罕到之處的上空，有一顆直徑僅一百公尺的隕石爆炸起來，其威力使二百平方公里內的六千萬株樹木，全部掃平。如此事發生在大都市，則至少也要毀滅數百萬人口！

現在，天文學家正在密切注意，有一顆小行星將在二〇三六年接近地球。雖然擊中地球的機率，以目前看起來，已減小很多，但宇宙變化莫測，飛行亦會偏差，豈可掉以輕心？

在此高科技的新世紀，人類雖可用觀測、預警、甚至以射擊、粉碎、或改變物體飛行方向等方法，來避免撞擊，但也可能百密一疏，防不勝防。因此，有朝聽到末日來臨的警告，你還能抿嘴一笑說：我不相信嗎？

二〇〇六年十月四日

圓石市的一堂課

圓石市（Boulder）和我居住的可臨視堡（Fort Collins），僅隔五十分鐘的車程。兩者都有一座大學，同為科羅拉多州的文化重鎮。也都當選過美國最適宜居住的城市。因為這兩處都是環境幽美、有山有水、就業率高、以及犯罪率很低。

可是，圓石市在十年前發生一件兇殺案，卻是石破天驚，聞名全球。在一九九六年的聖誕翌日，一個六歲的小美女瓊貝奈特·藍姆賽（JonBenet Ramsey），被發現陳屍在家中的地下室內。這位活潑美麗的小女孩，常常以動人的姿態參加各種選美比賽，並得過很多獎、包括科州的選美皇后。因為是女童被害、名氣不小、死得離奇、又是富豪人家；連神探李昌鈺也請來過數次，卻久久不能破案，使得全國沸沸揚揚。有人懷疑是自家人所為，家人則堅持是外來的兇手。一拖就是十年。

此案懸宕十載，最近忽有一個四十一歲的教師約翰·卡爾（John Mark Karr），出來自己認罪，鬧得全球注目。這位教師自稱深愛小美女，曾和位於圓石市的州立大學（University of Colorado）的一位傳媒教授，通過數百封電子信件。對小美女死時身體狀況、以及如何死法，均有詳細描寫。

因此，引起辦案機構的注意。電視上播出，卡爾在曼谷被捕時，坦認小美女死時，他就在身旁。並說：這是意外。記者問他是否清白無辜？他回答說：不！這種率直的態度，使很多人覺得案情已經峰迴路轉，真相可以水落石出了。後來卡爾在回美飛機上的優等待遇，以及喝香檳、啖凍蝦的種種動靜，均被媒體喧染得全球皆曉。到了洛杉機後，他又坐專機來圓石市歸案。

從卡爾在曼谷被捕至解送到案的幾天中，全美重要報章雜誌、廣播電台、以及電視台等等，均爭先恐後的討論此事。重點集中在卡爾是否真兇？電台邀請的有法律、刑事、心理、犯罪等專家和學者。大致分為正反兩派；有人比對現場留下的勒索筆跡；有人討論基因物質（DNA）的用途及限制；有人懷疑出事那天他不在圓石市等等，可以說是喧騰一時。不但卡爾出足了風頭、圓石市也因此更加名揚四海！我對此案的關注，在空間上因這事就發生在鄰近之地；在時間上，也因在同一個聖誕節，我無端地跌了一跤，摔折了手腕。這兩樁偶發事件，我在事發後不久、都記入一篇〈折腕度年〉的散文中。

卡爾到圓石市的第三天，當地的檢察官辦公室，召開了一個記者招待會。當場宣佈說：經過DNA的查驗，卡爾的和留在瓊貝奈特內衣上的不相符合，因此對卡爾不予控告。這項決定使很多人驚愕。如此跨越國際的大遞解，卻是虎頭蛇尾，不了了之。因此，記者發問的很多。我因關心此案，細心聆聽，覺得真是上了一課。

這位主辦的女檢察官在說明撤銷此案時，曾不止一次地說：依照我們的法律，每個人都是清白無辜的，除非事實證明有罪。卡爾的DNA不符，因此對這件案子來說，他已是個自由人了！有一個記者問：為什麼不在曼谷時就好好比對DNA，而必須帶他回美？檢察官答稱：我們用他留在自行車上的DNA比對過，因為不完整，因此要帶他回國再驗。言下的另一層意思是必須要合法取樣才能有用。另一個記者問起卡爾在飛機上的優異待遇，使人側目。檢察官答：卡爾當時還不是真正的犯人，我們不能剝奪他應享的權利。至於乘商務艙，是因為機位及安全的考量。又有記者發問：卡爾如此招搖撞騙，你們能否辦他欺騙之罪？檢察官答：不！這須要有人告訴才行。

我自認對法律外行；也不敢說記得一字不錯。只覺得上了這一堂課，使我對美國立法的基本精神，頓有進一步的認識：寬厚、公正、科學客觀、尊重人權、富有人性。環顧世界上很多其他國家，不是還在用羅織罪名、或屈打成招的技倆嗎？

二〇〇六年十月二十七日

白雪何價？

白雪，有市價嗎？這個問題，恐怕大家都難以回答。最近，倒是有了一個有趣的答案。

今冬，因地球變暖的關係，南北極冰川後退，企鵝及北極熊生活也受到威脅。在美洲大陸，受了太平洋聖嬰（El Nino）的影響，天氣劇變。從聖誕到新年前後，東部奇暖，中西部則連續四個週末大雪紛飛，平地積雪兩英呎、山區積有五、六呎之多。交通受阻、機揚關閉。氣溫常常只有在華氏零度上下，為數十年來所罕見。而在紐約和華盛頓那邊，櫻花早開，人們穿恤衫短褲，到處可見。

在我們鄰近的Loveland，我喜稱為「情人市」者，則有一對夫婦，忽然異想天開，在網路上拍賣三個雪球。廣告登出以後，竟接到國內外六百封電子信和一百多人出價競標。其中有一家住在離紐約不遠、康乃狄克州的一個小城內，因聖誕節無雪，三個女孩不能打雪仗，就參加競標。經過激烈競爭以後，竟然得標。這對在情人市的夫婦，雖然如願以償，但如何交貨？卻是一個難題。這件韻事被傳開以後，這裡的一家航空公司，就送了兩張機票給他倆；康州那邊的租車公司，也免費供給一輛長型的禮車，載買方全家，去幾十哩外的紐約機場迎接。賣方為了不使雪球融化，特地借了一種具有乾冰的容器裝去。並且很慷慨地裝了一箱雪球送往。

消息傳開後，至少有四家電視台到機場採訪、攝影。贊助的航空和租車公司、各收宣傳之效。這兩家人家也亨有「十五分鐘的名氣」真是皆大歡喜！聽說，到達目的地後，還公開地在碧綠的草地上打雪仗，市長也參加，全市為之轟動！

那末，白雪究竟值多少錢一磅或一斤呢？據報上稱：買方對三個雪球，開始時只出價美金九元，後來由於競標劇烈，勢在必得，最後以一百三十八元中標。高興之餘，又奉送六十二元湊足二百元，算是送給賣方一隻吹雪機（snow-blower）。為了回敬，賣方也裝了三十個雪球送去，反正航空公司答允免費。

除去贈送及人情外，三個雪球的售價是美金一百三十八元。假如，一個緊壓的雪球以直徑五吋計，可能不到三分之一磅，三個加起來，也最多重一磅。那末，雪的時價是美金一百三十八元一磅。換算新台幣，則值五千四百元一台斤！

這樣算來，我家前後院現在都堆滿了幾尺雪，坐擁雪城，豈不是變成豪富了？可是我無法防止它的日漸蒸發和融化，除非再來一波大雪；我也不會上網拍賣；玩高科技的噱頭（如用迴紋針在網上換到房屋等），已不是我這種年齡和能力可以做得到了。當然，我也不會反對這類富有人情味的趣事。

白雪何價？這種網上標售的新鮮事，也只有在現代的美國才有。中國人則喜歡賞雪。白居易

「夜深知雪重，時聞折竹聲」，那種聽覺上的神；和柳宗元「孤舟簑笠翁，獨釣寒江雪」，那種視覺上的美。豈是忙碌的現代人能夠領悟得到！

白雪何價？我的答案應該是：白雪無價！

二〇〇七年二月十四日

萬物之靈？
——南亞海難有感

人為萬物之靈，不錯。但在這次南亞的海難中，這個自封為王的稱謂，卻大大地打了個折扣。

據報載，此次海難，人死了十六萬之多，野獸則死傷很少。野獸聽慣了自然和地球的韻律，稍有變化，它們能及時逃避。據錫蘭野生動物官員的報導，在這次的受災區內，千百隻大象、虎豹、鹿、野豬、水牛、以及猴子等等，在海嘯來襲以前，早已逃避一空。印度的報告說，在南端災區內的紅鶴，於每年此時，會群集沿海地區繁衍後代，海嘯前，也早已逃至森林內的高地。一個在泰國普吉島的丹麥遊客，在網路上說：那邊的狗，在災前早已避往高處，而我們卻一無所知。

科學家認為，鳥獸們對聲音、震動、磁場、氣壓、和天時的變化，比我們敏感。大象和騾子，可以覺察數里外汩汩的水源。魚類對低頻率的震動，非常敏感。有一種鯰魚，可以感到人類不能覺察的二級地震。我們中國也有用動物的行為來預測地震的種種研究。

鳥獸為什麼會比我們靈敏？我想，在億萬年的自然淘汰和進化過程中，它們養成一種「不逃避就會遭殃」的本能。人類佔盡了優勢，還不斷地擴充地盤：建都市、築公路、伐森林、開礦產，加上狩獵和圍捕。鳥獸不逃，豈能生存？我們自尊為萬物之靈，一代代又受到保護，過慣了安逸舒坦的日子，既不能「居安思危」，也漸漸地失掉了警覺的本能。提起本能，使我想起一位中南美洲的朋友，他不帶錶，可以由太陽看出時間，每試不爽。他長髮披肩，我們私下稱他為瑪亞（Maya）族人。但自從我送給他一隻錶後，他就喪失了這種本能。

這次海難，印象最深刻的是網路送來的一張照片：前景有一大批人在驚慌逃奔，後面跟著一個三十呎的巨浪，這批人不全是本地居民，衣著整齊，好像原來是一無警覺地來看熱鬧的，卻難逃席捲的噩運。我為他們的不警覺、無謂犧牲，感到難過。

海嘯和颱風，都有預警制度可以設立，以科學儀器來補償我們官能的不足。日本和美國，在太平洋已早有設置。但這些南亞的國家，財力有限，人才缺乏。而且像錫蘭、印度尼西亞、印度、泰國等，多年來都忙於內部的群族和權力鬥爭，那有餘力去顧到海邊的平民？這一大批芸芸眾生，平日以海為生，靠天吃飯，災害來臨，也只能聽天由命，自求多福。即使聯合國邦他們設立好預警，他們又能逃去那裡？哀哉！寫到這哩，忽又看到網站上一條新聞說：災民們現在更加緊抱著信仰和宗教。誰又能非議他們呢！

二〇〇五年一月三十一日

誰是弱者？——看冬季奧運有感

誰是弱者？這個問題，我在這次冬季奧運中，得到很大的啟示，也肯定了我一向的看法。

這屆冬季奧運會在意大利的山城都靈（Turin或Torino）舉行。開始前幾天，美國電視上忽然出現了一批十六、七歲的女娃，在大聲抗議：為什麼女生不能參加滑雪跳躍（ski jumping）比賽？按奧林匹克委員會的解釋，這項運動對女生來說，太危險，容易受傷。女娃們則大不以為然，他們說：男生能，女生為何不能？她們希望下屆冬運能准女生參加。電視裡映出她們在雪中騰空而飛的鏡頭，壯志凌雲，不讓鬚眉。

世運開始時，受全世界矚目的人物，當然不是這批女娃，而是美國花式溜冰王后：關穎珊。她已經是九五之尊（九次美國冠軍及五次世界冠軍），但最終的志願，要摘下一枚奧運金牌。已經是二十五歲的她、不久前且已受過傷、卻一直要堅持參加，不願放棄。這種毅力、勇氣，和樂觀，使她未經國內選拔賽、而由美國奧會特別批准前來參加。但在開始練習時，她試轉多次不成，跌倒在地，傷了鼠蹊。後來在醫生勸導之下，忍痛放棄比賽。她在記者招待會上果斷的神態、和一段「參與是最重要」的談話，使人肅然起敬。

在雙人溜冰比賽時，中國女選手張丹表演出來的驚人勇氣，使全體中國人感到驕傲。張丹在起溜不久時，被男選手張昊高高拋出，原以為可以在旋轉後安然落地，哪知卻是重重跌下，膝部顯然受傷。看她久久不能爬起，觀眾都屏息凝神，不知接下去會發生什麼？後來，看她被扶起後，面呈痛苦、顛跛走動，大家都以為她會放棄比賽，為她惋惜。哪知在幾分鐘後，她還是毅然參賽到底，繼續了中斷的賽程。那跳躍、拋高三轉、冰上迴旋等等、演來並無遜色。使在場觀眾一致起立，鼓掌歡呼。我想，電視機前的觀眾也都感動不已。結果，得到了一面銀牌，為中國參加奧運以來，這項比賽所得的最高榮譽。翌日，世界各國報紙及電台均爭相報導，咸認這是中國人特有的堅韌和勇氣，也正是奧運的精神所在。這件事發生後的翌日，美國滑雪女選手寇陶（Lindsey Kildow）在練習時摔了一大跤，趟在雪地上動彈不得，後來由擔架和直昇機送往醫院。大家以為她不能再參加比賽了。哪知二十四小時後，她即出院，走路還是一蹺蹺地對記者說：雖然脊骨受傷、感到疼痛，但她可以忍痛參加比賽。的確，第二天她又參加一項滑雪比賽，離上次摔跤入院只有四十八小時。這次，因受傷之故，只得了個第八名。但她並不灰心，揚言還要繼續帶傷、參加週末的另兩項比賽。這種不屈不撓的精神，也使人佩服。

十年前，我寫過一篇散文〈男女無別〉。大意是說，現在這種開放的社會風氣和環境之下，男女已經無甚區別；尤其是年輕的一代。凡男生能作的事，女子也可以做到。文中又預測：不多久、爭取女權這種事，在很多國家，將淪為一個歷史名詞。

女人是弱者（weaker sex）嗎？凡看過這次奧運會者，想都不會同意。我預祝這批要求參加「滑雪跳躍」的女娃，在下屆冬季奧運時，可以登高一躍，如願以償。

二〇〇六年三月十二日

飛人・山藥・牙買加

波特（Usain Bolt）這個名字，在八月中旬忽然間一夕成名，使全球矚目。原因是他在北京的奧運中，參加三項比賽得了三塊金牌，而且還打破了三項世界紀錄。一百米、兩百米賽跑、及四百米接力賽，原都是田徑方面最受人注目的。一個人能在同屆比賽中，得到一百、兩百米的冠軍，又破紀錄，這是自一九八四年美國劉易士（Carl Lewis）得獎以來的第一人。現在，波特的名字和得了八塊金牌的游泳健將費爾普（Michael Phelps），並駕齊驅。媒體稱他為飛人；更有人稱他為閃電波特（Lightning Bolt）。

這位全世界跑得最快的年輕人，才過二十二歲生日。除運動外，他也喜愛舞蹈、音樂及電腦遊戲。波特生在牙買加北岸的屈勞內縣（Trelawny），可以說是一個鄉下人，父親從事咖啡生產業。他幼時喜打板球（cricket），被教練發現有賽跑天才，鼓勵他向這方面發展。以後在學校及全國比賽中，煞露頭角。十五歲即得到世界少年賽的冠軍。據說，他曾婉拒到美國訓練的邀請。一路比來，到今年五月，他在紐約的一百米競賽中，打破了世界紀錄，一時聲名鵲起。

在這次奧運的百米決賽中，他跑過半程，已將各國名將摔在後面。這時，他左右顧盼，拍拍胸部，很輕易地打破了世界紀錄，其他參賽者還在埋頭苦追，落後甚遠；這真是難以相信。有的媒體用「散步就贏」來形容這場決賽；有的說他只跨了四十一步；有的甚至說他回頭再跑幾十米，還可以得勝等等。可以說是驚羨全球。這次的決賽，和稍後的女子百米決賽，由牙買加囊括前三名，使得德國媒體發出疑問：牙買加人口不到三百萬，怎會產生世界上跑得最快的男女？他們究竟受過什麼樣的訓練？言外之音，是問他們有否吃藥？其實波特等已受檢多次，如果真有問題，也該發現。但這個嚴重的疑問傳到波特的父親耳中，他不得不作一個回應。他說：我們的主食是山藥（yam），這是山藥之力（Yam Power）！

我在牙買加先後住了十一年多，深知他們的飲食習慣。山藥的確是他們的主食，尤其是鄉下地方，都是自種、自食。屈勞內一帶正是盛產山藥之區，我也在他們附近的實驗區、築了梯田種過幾年山藥。山藥在美國和甘藷混稱，其實兩者不是同科。牙買加的山藥是非洲種，和中國的山藥，倒是同一科，學名均是Discorea，只是品系不同而已。山藥在中國有養生、滋補及治病的功用，可以藥食兼用。因其營養價值很高，富有維生素及礦物質；所含熱量較低，具有很好的減肥及健身作用。據記載，山藥可以持久體力，又可促進軟骨的彈性，有助於運動。牙買加的山藥分黃、白兩種：黃山藥以烤食為主，白山藥和鹹豬肉加水同煮，味極可口。他們所吃的米飯，大多為紅豆飯。據營養家稱，米和紅豆同煮，營養價值特高。當然，他們還有幾種主食，如加厘羊肉（curry goat），將一隻小山羊砍成小塊、連骨同煮，添上加厘及其他調味品，燒得爛熟，味道鮮美。我每次有機會去鄉下、或回去做顧問，都要一飽口福。他們經常還吃煮香蕉（cooked plantain）及鹹魚（ackee and fish）等等，均很營養可口。所以牙買加人都長得壯碩健美。我第一次飛去鄰國海地，看到的人大多是瘦骨嶙峋，營養不良的樣子，判若兩個世界。他們的祖先都來自非洲，這究竟是基因不同，還是營養有異？我想，海地的貧窮，和他們的主食是白米有關。中國北方人吃麵食，南方人吃米飯，身材的不同，也許和主食也有關係。

牙買加是一個蕞爾小島，面積只有台灣的三分之一，人口也只有二百八十萬，約為台灣的八分之一。但他們在歷屆奧運已得過七塊金牌，二十二塊銀牌，十六塊銅牌。這都是在田徑賽方面，還不包括多位同胞、入籍英美後所得的獎牌。這次，奧運的成績更是輝煌，共得了十一塊，包括六金、三銀、及二銅。世界上有很多上億人口的國家，還拿不到一、二塊。如果以人口來計，牙買加得獎密度之高，當為全球的翹楚，而且只集中在田徑一項。對這樣一個盛產飛人、包辦男女百米及兩百米金牌的小國，難免有人要猜度其中的奧祕和原由。

據我在牙買加時的觀察，覺得他們普遍喜愛運動。從小學開始，從鄉鎮起，常常有各種比賽。青少年的課本及升學壓力，並不太重。心智、嗜好及體能可以自由地發展。他們沒有像蘇聯式、或今日大陸那種從小集中訓練的方式，也沒有一定要在奧運得多少獎牌的計劃。一切任個人的志願和專長而定。

牙買加人崇尚自由，喜歡音樂及舞蹈。聞歌起舞，有人在路邊就邊跳邊行，從小就練好了腳力。他們的播蓋（Reggae）音樂及舞蹈世界聞名。從前屬大英國協，現在是美國的後花園、和歐洲的避寒勝地，交通發達，普說英語，觀光是他們的主要收入。因此，牙買加非但不閉塞，而且是一個很開放、時尚、和現代化的國家。我們從波特及其他幾位女運動員身上，可以看到他們不拘謹且風趣（playful）的個性。漸漸在奧運中釀成一種效尤的風氣。當記者問一百米女冠軍弗雷瑟（Shelly-Ann Fraser），你們三人如何能囊括前三名時，她回答說：我們成功的祕密是靠播蓋的力量（Reggae Power）。另一記者問起波特，你跑一百米時看來不很認真呢？他回答得很調皮：什麼事都不必太認真（You can't be too serious in your job）！看波特在鳥巢中的頑童模樣，使人不禁聯想，運動競賽本來不也是一種遊戲（game）嗎？

這次波特在奧運中的驚世成績，當然是他個人的天賦及力量，但也給其他小國家很大的刺激和鼓勵，土生土長，不必經過像美國或中國大陸那種訓練，也可產生世界一流的運動家。

二〇〇八年九月五日

幾個大家感興趣的數字

數字看起來很單調，但內含深意。數字是一種濃縮的敘述；一種簡化的表達；更是一種基本資料。例如，旅行到了一個新的國家，先看看他們的人均收入、預期壽命、受過教育的比例等統計數字、就可以概知那裡的經濟、文化及環境衛生狀況。這些數字，有時比長篇累牘，更有說服力。

多年以來，我常愛從報章雜誌及電視等傳播中，收集一些簡單的統計數字。隨興俯拾，並無系統。有些已屬明日黃花，有些則不乏趣味，也具啟示及警惕性。現在我從環保、戰爭、收入及地震方面，引述數則，略加詮釋，供大家參考。

一個現代人、一生對環境和資源有怎樣的影響？據月前美國一個電視節目的報導，美國人的一生要喝牛奶13,056品脫（合1,632加侖或6,177公升）。把裝牛奶的塑膠罐陳列起來，確實驚人。美國人一生洗澡28,433次。一次用一隻玩具鴨來代表，也排得滿院都是。如每次用水二十五加侖，則總計為710,825加侖的水（合2,690,472公升）。又說：美國人一生要吃87,520片麵包、12,129漢堡等。既使在嬰兒時期，也要用3,796個尿片；這種塑料的尿片丟棄以後，要幾百年才會完全分解。

如果將這個數目的尿片改為布料，則須要22,455加侖（合84,992公升）的水，才能洗淨。此外，也提到住房使用的木材和水泥等等。這個稱為「人類遺跡」（Human Footprint）的報導，結論之一是：如果全世界的人都照美國的生活標準看齊，則需要五個地球才夠！不管上述的資料是如何計算出來，這些數字後面的環保和資源保育意識，確使大家要好好反省。

最近，此間的地方報紙上，刊載了伊拉克戰爭的費用數字，使人吃驚！美國每一個月花在那邊的總額是美金10,000,000,000元（一百億）。平均每天三億三千萬，每小時一千三百萬，每分鐘二十三萬，每秒鐘三千八百元。想一想，這一秒鐘的費用，就等於一般人一個月的薪水。普通中等家庭每年上繳的所得稅，也只夠在伊拉克二、三秒鐘之用。如此龐大的戰費支出，加上昂貴的能源進口，美國的經濟衰退、美元的貶值，實不可避免。過不久，報上又登出一個數字，說是伊拉克政府存在瑞士及美國銀行的金額，共有四百億美元。數字下加有一註：可是美國人還繼續傾注大量金錢助其重建（yet Americans continue to dump huge sums into Iraq's reconstruction）。可見美國人心之一斑。伊戰如有好的結局，我想百姓的想法，就會不一樣了。

前些日子，大家對一個家庭的收入數字，感到興趣。那就是前美國第一家庭克林頓夫婦的收入。夫人希拉蕊競選總統，遲遲不公開家庭收入，各方矚目。倒不是其他原因，只是太有錢了，恐怕得不到一般人的認同。他們去年收入二千萬美金，八年總收入為一億九百萬元。共繳稅三千四百萬（31％），以及捐贈一千萬（收入的9.5％）。納稅和捐款，都是規規矩矩，無人可說閒話。但其中很大的一批收入是國外演講所得。一次十數萬到百多萬元不等，頗為民主黨同仁及國會議員詬病，疑為政治募捐。但此事也只是點到為止，迄無深究。從前雷根總統卸任後在日本作一次演講，也得酬金二百萬美元。美國人一年賺千萬元者，不在少數。但我們如果看看另一個統計：美國有三千七百萬人，困在貧窮線下，他們的家庭，每年收入不到二萬元。而且，貧富間的差距，愈來愈大，確使人不安！

最後，來看看舉世矚目的、有關地震的統計數字。據美國地質調查所的報告，每年全球能測到的地震有五十萬次，人類能感得到的所謂「有感地震」，也有十萬次。其中約一百次會造成災害。據他們的報導，歷史上地震死亡人數最多的一次，是發生在一五五六年（明嘉靖年間）的中國中部，共八十三萬人。近代的中國，則以一九七六唐山大地震死亡二十五萬人為最。如以地震強度來分類，八級以上的，從一九〇〇年到現在的百餘年間，平均每年發生一次；測到最強的一次是一九六〇年五月二十二日在智利發生的九點五級。以一九九〇年起、十八年間發生的地震來計，七到七點九級，每年平均為十七次；六到六點九級為一百三十四次；五到五點九級為一千三百一十九次；四到四點九級為一萬三千次等等。這次四川的地震，他們還未作最後的統計。中國宣稱為八級，到我寫此文時，死亡人數為六萬七千人，另有二萬多人失蹤，可稱慘重。若不是中國政府和軍民勇敢而及時的施救，救出七萬九千八百多位同胞，死亡的總數還會大大地增加！我想，經過這次慘痛的經驗，將來災區重建以及容易地震區域，在建築物的結構上、學生的防範演習上、和社會的地震教育上，必有進一步的改進和加強。果如此，則未始不是居民之福也。

二〇〇八年六月二十三日

孔子訪台

孔夫子在曲阜耽得太久，靜極思動，想出來周遊一番。第一個就想到台灣。因為，現在已有直航，不亦快哉！而且，耳聞風光綺麗，旅遊鼎盛，小吃又多；不覺食指大動。可是，無人出面邀請，只好微服私訪，隱名改裝，穿了一件恤衫，外罩夾克，上面繡著「吾道不孤」四個大字。

到達桃園機場，看見蟹形文字不少，人們說的又都是白話，間夾台語。他的帶有山東腔的之乎也哉，到處行不通；尤其說到「俺」、「俺」，別人都側目而視。只好向一家旅遊公司，找一個通譯。櫃台小姐說：「你是中國人，還要找什麼通譯？我介紹你一個導遊吧！」。孔子私忖，自己周遊列國，從不需要導遊，在此蕞爾小島，反需什麼嚮導。那位小姐，善解人意地說：「我推介你一個年輕的老鄉，國文系畢業，又會開車帶你，如何？」夫子聽了，欣然同意。

一路駛往台北，車道擁塞得很，停停開開。孔子說：「熙熙攘攘，咸為何事？」這位帶眼鏡的年輕導遊脫口而答：「不是為名，就是為利。」孔老夫子聽了，嫣然一笑。導遊就放膽反問一聲：「您老不遠千里而來，何為？」夫子覺得孺子出言文雅，就回說：「禮失而求諸野。」這位念過古文的導遊很能領悟這話的意思，便答道：「我們這裡雖不能誇稱禮儀大邦，卻也不會像文革那樣野蠻。這裡的人，常說失禮、失禮；至少，對禮字還掛在嘴上。」孔子聽了，覺得選對了地方，但也不能僅察其言，還須親觀大眾的行為才對。

到了市區不久，車輛行人愈來愈多，遇到放學時刻，更是比肩接踵，爭先恐後。很多車輛從不讓人，甚至衝過斑馬線。孔子看見小孩和婦女競相避閃的情形，頗不忍心地問道：「車輛不能忍讓一番耶？」導遊答說：「現今的社會都是分秒必爭，對禮讓一詞，非不知也，實不為也！」夫子想到大陸的情形更糟，也就來個非禮不視，閉目養神起來。

到了原訂的一間旅社，導遊一看，只是三星級的，覺得夫子真是節省。最使他驚奇的，是夫子還要了一間塌塌米的房間。他禁不住要問明原委。夫子說：「入境問俗，而且俺也慣於席地而坐。」這個年輕人想想也對，春秋之際，那有什麼席夢思、沙發椅？但他發覺這位夫子頗具個性，還得問問他的計劃，不想費力而不討好：「此番要不要去看看孔廟、大學、及故宮博物館？」孔子笑答：「各地家廟，率由舊章，不看也罷！關於大學，俺知之甚詳；至於博物館，都是俺後代之器。」導遊真的碰了一個軟釘子，就說：「那末，阿里山、日月潭如何？」夫子聽了仰天而笑：「生也有涯，泰山就在鄰邑，俺也不去；西子比日月潭如何？俺也不往。所稱兩處，美則美兮，俺還是多多考察風俗民情，如何！」導遊想想，此老真是「席不暇暖」。

就這樣，導遊帶了夫子、吃小攤、逛夜市、看工藝、串門子、和九流三教的人都接觸一番。夫子覺得大部份的人，都是溫文有禮。只有一小部份、受了近年群族挑撥的影響，對大陸客偏見很深。至於禮貌，夫子在旅館、商店、街坊遇到的，不比彼岸差。而且大眾都是勞而無怨，富而好禮。這個社會已經很不容易了。

一路南下，遇到八八水災不久。夫子在電視上看到，一大批官員趕到東村西鄉、向百姓鞠躬道歉。他向導遊問清時，就說：「俺覺得非常稀罕、非常新鮮。民無信不立，在上者能痛民之痛，可嘉！可嘉！但也不能萬方有罪、罪在一身，況天災乎？不亢不卑，乃中庸之道也！」導遊暗想，夫子還有些封建思想。

聽說達賴喇嘛要來南部，夫子就要北返。導遊猜想，夫子不想摻和政治罷！但仍故意問道：「儒教、佛教，不能摻和嗎？」孔子正色而答：「非也！佛教或其他宗教都道身後之事。俺認為，不知生，焉知死？然人生在世，修己以敬、尊天愛人，則一也！」導遊唯唯，頓有所悟。

回台北後，一天早晨，導遊說：「內閣已經總辭，今天新揆首次向立法院報到。」夫子打開電視機，果然看到國會中鬧鬨鬨，見到布條上寫有「白賊」兩字，頗為納悶，就說：「俺知：白字、白眼、白費、白食等等，從不知白賊為何？真是孤陋寡聞。」導遊答道：「我們的立法院常常吵吵鬧鬧，有時還演出全武行，全世界都知道；拉拉布條，算不上什麼，這是民主啊！」夫子聽了嘆道：「民主如斯也乎！」心想，今天也算是上了一課，但還是正色地說：「為國以禮。禮之用，和為貴；不知禮，無以立。這些選出來的賢能之士，豈能在殿堂之內，自毀長城？」導遊聽到，夫子好像在講解《論語》，不禁發出會心的微笑。

夫子想到生日將屆，不得不回去親受各方祝賀。這天在去機場途中，經過一過看守所，又看到有人扯白條，上寫觸目驚心的「政治迫害」四個大字。想想自己也受過迫害，就很關心地問起導遊，這是怎麼回事?導遊說：「夫子真的不知嗎?，這裡羈押著一位上屆的元首，因犯了貪瀆之罪。但有人說這是政治迫害。您老不是也被迫害過嗎?」孔子想，瞞不過這年輕人。但應澄清一下：「不同焉!彼乃行為上犯罪，查實則罰;俺是思想問題，遭到迫害。豈能一概而論！」說到此處，夫子忽然會心地一笑。他心中在想：自古刑不上大夫，這裡卻關了一個前朝之主;真是時代不同了！

在機場道別時，夫子覺得這位年輕人，孺子可教，就將這件繡字的夾克送給他，並允推薦他去國外孔子學院深造。在回程的飛機上，孔子覺得不虛此行。看到一個多元的社會，雜音不少;但比起壓制大眾、要求言行一致，開明和進步得多了。另一方面，他覺得，爭權奪利，牟私忘公，搞得天下不寧，亦非民主之福。這些，他不會告訴媒體或任何人，怕喧染出去後，海峽兩岸都感到不安。值此和而不同的大好時際，不可攪壞局面。夫子心想：俺不語，天何言哉！

二〇〇九年十一月二十五日

將貧窮送入博物館
——一位諾貝爾得獎人的豪語

今年的諾貝爾和平獎，頒給美國總統歐巴馬，引起了不少爭論。有人甚至建議，不要接受。歐巴馬自已也覺得此獎來得突然。這使我想起，三年前和平獎的得獎人尤納斯（Muhammad Yunus），他的獲此殊榮，不但名至實歸，且有一個使人難忘的故事。

尤納斯是孟加拉國人，一位經濟學家。三十年前、當他在孟國一家大學教書時，去鄉下調查農村經濟，遇到一個村婦，向他抱怨借不到錢。農村中只有放高利貸者（loan shark），銀行則借貸無門，她和別的村婦共四十二人想發展一些手工業，以改善生活。尤納斯問她要借多少？她說了個數目（約美金27元）。尤納斯就自淘腰包借給了她，但言明要償還。

這件事做得很成功以後，就給尤納斯一個發展農村經濟的實際想法。他開始時曾向銀行接洽，却處處碰壁。後來籌了些私款，以很低的利率，作小額貸款；每次不超過二十美金，而且專們借給婦女。農村中的婦女，因為大家認識，借錢不還，有失面子，所以有借必還。這樣有借有還，錢就周轉起來。他認為，作慈善事業，會造成人門的依賴性；因此，他要收些利息，促使借貸者，設法去生產賺錢，不是僅作消費之用。

尤納斯後來費煞口舌、終於說服了政府及銀行，取得了一筆資金，專事此類信用放款。從一九七六到一九八二年，短短的數年間，已發展到有二萬八千個會員（借款人）參加。這事引起了聯合國發展基金等的注意和興趣，給了相當的支助。次年，設立了一個「格萊民」銀行（Grameen Bank，即鄉村銀行），擴大業務，受益的人數，從此倍增，造福窮人，大大改進農村的生活和環境。他們貸款給窮人的保證，不是資產，而是靠當地組成的支助團（Solidarity Group）來作擔保。貸款者也不須簽約，就可拿錢。

二〇〇六年，尤納斯和他創辦的銀行獲得諾貝爾和平獎，頒給的獎詞中說他們「努力創造社會和經濟的發展，自基層開始。」（.....for their efforts to create economic and social development from below）。到了二〇〇七年，這個銀行的貸款，已有60億美金之多，受益戶高達七百四十萬。

這使我回憶到一九七〇年代在聯合國工作的情形。很多國家的農村，非常窮困。我們希望農民能造林、做水土保持，以減少土壤流失。但他們胼手胝足，僅能糊口，哪有什麼多餘的資源可用？這些政府對農民也沒有任何補助。雖然，保持及改良土壤，日後可以增加生產及收入。但眼前要他們多投入勞力、要從有限的耕地中撥出一部份土地來種草、種樹、作溝等等，對他們是過重的負擔。聯合國的許多發展計劃，都是技術性援助，並非有多少資金可用。因此，僅靠示範及推廣，無錢資助或補貼農民，要想普及推行工作，很是困難。我們也曾和銀行接洽過貸款，但都因擔保、利率、期限等等問題，難以解決而作罷。當時，還沒有像「格萊民」那種為窮人服務的銀行哩！

就是到現在，一般銀行很少能為窮人服務。金融海嘯的造成、曝露了銀行及金融界貪婪的弱點。近日報載，一個金融機構受了納稅人千百億的挽救，還在分發紅利給職員，每人百萬元到數千萬美元之多。看了以後，深深覺得，像尤納斯這種為窮人設想的人，真是鳳毛麟角。

最近有人問尤納斯，你的銀行是否也受到金融海嘯及經濟衰退的衝擊？他答稱：我們用當地人的存款借給當地人，不受外來的影響。他又說：我們用很低的利率貸出去，又將賺來的利潤，分給會員（借款人），大家均可受益。也有人問起，他這種做法，對社會及教化方面有何改變？他說，過去二十五年來，最具戲劇性的改變是孟加拉農村婦女地位的提高，這有賴於小型貸款的裨助。又有人問起，你們這種銀行的模式能否在其他地方應用？他答稱，是的。我們甚至在紐約也有業務。現已擴大到墨西哥、哥斯達黎加等中美洲國家，也在非洲的尚比亞推行。

尤納斯曾將貧窮比作盆裁的樹木，因為缺少生存的空間，所以長不大。他認為每個人都有生存和發展的天賦及潛力，只要給他機會和助力，即可發揮出來。他說別的銀行只借錢給有錢的人，他的銀行專貸給沒有錢的窮人（甚至還主動貸給很多乞丐，使他們轉為小販）。他的抱負是：我們能夠將貧窮送入博物館。很多人都說這是不可能的事，但他認為，只要有理想，就會有達成的一天！

二〇〇九年十二月五日

美夢難圓

——談美國中產階級

五十年前我首次訪美，旅行十數州，在各地曾被很多公務員、教授、企業界員工及農民等家庭的邀訪。覺得他們居處舒暢、庭園有致，浴衛俱全，家中還有汽車、冰箱、電灶、洗衣機、洗碗機、電視等等；廚房中更有各式小型電器，目不暇給。美國中產階級的生活，真是令人羨慕。當時在台灣，因經濟還未起飛，一般公教人員住的是小小的木屋，燒煤餅，用土冰箱，騎自行車。當我回台後和親友們說起：美國的社會真是了不起，大學畢業生初入社會兩、三年，則房屋、車子什麼都有了。聞者莫不神往。

其實，即使到今天，全球經濟落後國家的百姓，對美國的生活莫不心嚮往之。否則，為什麼每年有千千萬萬非法移民，千方百計冒了生命危險，要潛入美國？不久前，有一位知名人士寫了一本引發廣泛討論的書，名為〈第三世界的美國〉（The Third World America），以及最近時代週刊一位編輯寫了一篇專文：〈如何重圓美國的夢？〉（How to Restore American Dream?〉討論美國的蕭條；但都在開端說自已是移民，幼時和當地社會上的一般人士一樣，嚮往美國生活。

那末，什麼是「美國夢」呢？這是一九三〇年代經濟大蕭條後流行的名詞。當初意指，凡擁有土地和房產便是中產階級，即不是窮人。後來有人更具體地說是一個住宅和四英畝土地。這種說法也隨時代及個人而改變，美國夢還包括獲得良好的教育、致富、及成名等等。總之，在美國可以讓一個人靠自已的努力來改善生活，達成理想，這就是美國夢的實現者。

到了一九六〇年代，以我的親眼目睹，一般中產階級都已經多多少少達到了這樣的境界。我常說，我剛到美國時第一次去參觀農部的試驗所，看到家政系的研究人員在測試廚房中的冰箱、洗碗機、爐灶等等的位置、及碗廚的高度，以減少主婦及孕婦的傷害及精力。當時我就用懷疑的心態發問道：你們的農家都有這樣的設備嗎？他們回答說：大多數有！後來我走訪了不少農家，不但覺得此言之不虛，他們的各種耕耘機具，更是價值昂貴。

雖然，七〇年代後經過了石油危機及其他挫折，高消費及高水準的生活還一直維持得很久。但自新世紀以來短短的十年中，高科技危機、能源危機、金融海嘯、房貸及信用卡危機等等接踵而來，使社會一般人難有喘息的機會。加以大公司工作外移，及大批裁員或減薪，使中產階級大為受苦。雖然，政府已耗資七千億刺激經濟，及多次延長發放失業金期限，花了三千二百億，迄今成效尚未彰顯。據當前的報導，失業率高居不下，還在9.4％左右；如包括未充分就業者，幾乎每五個人中就有一人賦閑。房屋因不還貸款而遭封屋、接到拍賣通知者，有一百七十萬戶。幾乎每八十戶中就有一個問題戶。現在領取政府食物券的人數已達四千萬，在最近二年中就增加了一千萬人。平均七家中有一家受政府補貼。這些情形，竟會發生在美國這樣富庶的國家，實難以置信。有一篇文章甚至說，美國的中產階級行將消滅。

中產階級的另一種壓力來自政府。第一是赤字激增，高達美金十四萬億。不知要到何年何月及到子孫那一代可以減低？而年來的利率一直維持在接近於零的水準，中上級家庭及老年人等一生的積蓄放在銀行中，其利息不足以維生及養老。加以最近美金貶值，使原來的存款變成負成長。大學學費近年連續高漲，子女的教育也不勝負荷。最近浮現的另一個危機是糧價的蠢蠢欲動，汽油及很多日用品也多來自國外，美金不值錢後，漲價是必然的後果。

一般中產階級收入銳減，支出增高。變成蠟燭兩頭燒。有些人還有住屋被收回及逐出家門的危險。對他們來講，這不是美夢；這簡直是惡夢！那末，這種情形，要多久才能有所紓解或改善呢？沒有人敢說；政府也不敢預言。大家好像都處在黑暗的隧道中，一時見不到一絲亮光。看來經濟復甦的路途，還很遙遠；人們的美夢，一時難圓。最近美國的赤字委員會（Deficit Commission）披露彌補虧空的初步建議，認為赤字好比是身體內的癌症，非要用重葯不可！這些建議，無疑地將使大眾的生活水準，愈加降低。

這個委員會是總統指定設立的，由兩黨人士組成。定於今年十二月提出正式報告。據已披露的建議中，有下面多項：延長退休年齡到六十九歲；減少社安福利；控制醫療費用；凍結聯邦薪津及減少員工；限制政府支出；增加汽油稅；刪減農民補貼；取銷幼童減稅額，甚至連學生貸款也要立即繳付利息等等。消息傳出以後，各方的反對聲浪不絕，將來的正式建議為何？是否會被政府採納？一切還在未定之天。

但該會主持人說：如果國債不大大減低，我們將淪為次等強國。這種緊束褲腰的政策，將使一般人的生活，雪上加霜。

當然，樂觀的看法是危機終將會度過，經濟也終將會復元，但問題是要等到何時？一般家庭也許會在困境中學到教訓，如少消費少借貸，多節約多儲蓄等；個人也會再學習，增進謀生技能。但在經濟結構轉型，一切全球化的影響之下，要恢復昔日的收入和生活，一時恐難達成；更不要說一圓美夢了！

二〇一〇年十二月十四日

虎媽——談中西母教之爭

《華爾街日報》月前刊出一篇文章：〈為何中國母親超優？〉（Why Chinese Mothers are Superior?）引發了網路上的熱烈爭論。參加者不但包括女性及華人，也有男士及各國人等。想必，對這種題材，每個人均有見解和興趣。

這篇文章，係摘自最近出版的一本書：《虎媽的戰歌》（Battle Hymn of the Tiger Mother），作者是耶魯大學教授，第二代華裔：艾美。蔡（Amy Chua），中名蔡美兒。（也曾著有Day of Empire，中譯《帝國時代》等書）。後來，時代週刊及各地報章，均對這個題目，大加議論。引起社會上的廣泛注意。

蔡女士以中國傳統母親的身份，及成功教育兩個女兒的經驗，主張對兒女要從小嚴加管教，使他們做事能全力以赴，達成至善。她規定：功課不能少於A；成績一定要頭名；不可看電視、碰電玩；不可外出過夜；不可自行參加課外活動；除提琴及鋼琴外不准碰其他樂器等等。她承認開始時兩方面都有困難，但只要堅持下去，可以迎刃而解。其中談到一個學彈名曲的例子，僅七歲的女孩久久不能彈好，母親罰她不准飲水、如廁及進食，不給他聖誕禮物等等。一旦苦苦練成後，不但女兒信心大增，反過來卻真心地感謝母親的堅持。

這一篇在網上傳開以後，正面和負面的反應均很激烈。有一位出身及背景相倣的華裔女士寫了一篇反面文章，認為中國人這種呆板模式的管教方法，會造成子女的依賴心，會喪失獨立及選擇性，會缺乏社交應對能力，更不要說冒險及進取心了！她認為這種母教並不優越，也不足取。這篇短文正好開拓了反面的看法，使正反兩方面及其他的爭執紛至沓來。

一位在英國的專欄作家對蔡女士的管教法卻表認同，要西方母親多多吸取或研究這種管教經驗，不要將孩子丟在電視及電腦前不管。網上有好幾位讀者則提出：什麼是成功的尺度？那種狹窄的中國公式如拿到A，數學好，鋼琴比賽第一，就算是成功嗎？是不是子女將來成為醫生、工程師、有高收入的職業，就算是成功？另有人也指出，中國母親要子女經年累月苦苦練琴，但當子女要去大學念音樂系，要以音樂為生時，家長中卻鮮有同意者；那末，以前何苦來哉？有一位西班牙男士說得更有意思，在嚴格母教下產生的子女，不錯，可以成為很好的工程師、醫生、技術人員等等；而呼風喚雨的政治領袖及商業大亨等等，往往在學時成績平平，因他們有的是社交能力及冒險精神。當然，還有很多人，抱折衷、持平及中庸的態度。認為對子女放任不管及過份嚴格，皆不可取。要能避免極端，在中間找出一個適當的管教之道才對。

我個人的看法是：苦讀，本是中國的傳統，所謂「十年寒窗」。苦讀，也是擺脫貧窮和出人頭地的一種方法。在人口眾多、競爭劇烈的社會，或是移民他國要想立足之時，父母這種高度覺及絕端的行為，無可厚非。但時代變化很快，環境也日新月異，認同如此嚴格管教者，將來定會減少。

從另一方面來看，對子女過份放任，也非上策。子女在年幼無知時，父母應予好好地導航，才不致誤入歧途或遭致擱淺。我從前在一篇散文〈養不教，誰之過？〉中曾說過這樣的話：現時代做父母及小孩都是不易，要面對的危機，比不久前要多得多，如吸毒、邦會、離家出走、愛滋病、流連電玩及網咖等等，一不小心，後果就不堪設想。美國很多中小學生，下午三點放學以後，功課少，父母不在家，無人照管，確是危險。

我幼時曾住在祖母處多年，她管教頗嚴。每天早晨，規定要寫大小字各一頁，放學後督促我做功課或讀書。絕不是那種寵壞孫子型的祖母。有一次過舊曆新年，天寒地凍，手指紅腫，我就在寫字簿上，用毛筆豎了幾行，草草了事。後來被她發現，大加訓斥，又打手心。要我記住，以後做事要認真，要有始有終。又，她不准我衣衫不正，或長幼無序。我長大後，做事較有恆心，衣著不敢隨便，對人持有敬意，都是受了她的教晦所致。她也曾說過，喜歡小孩，應藏在心裡，不可當面稱讚或逢人表揚，這樣小孩會養成浮誇和不實的心裡。我初到美國時，看到很多家長，對子女們一丁點的成就，大為讚揚，覺得中西管教子女的方法，實在不同！

我母親也管教很嚴，父親當時因戰亂關係，和我們在一起的時間不多：但在回憶中，他不甚管事。在六個子女中，我因排名在中間，又較老實，母親派我做的家事很多：如洗碗、買水、幫洗衣服、端馬桶出門等等。然而在衣食方面，我卻落後於諸兄弟。當時雖覺得不平，但絕不出聲抗議。現在想想，她也許故意在磨鍊我。有一件事，使我感到高興和感激。母親知道我文筆不壞，就將和父親通信的責任，交由我來擔當；我能將她油鹽醬醋的屑事，寫得一清二楚。這對於我後來寫文章，許有相當幫助。在假期中，她也特別要我一個人去補習古詩文及英文作文。她曾說，為了子女讀書，我就是典當所有，也是願意。這句話，使我終身感激難忘。

至於我自己管教子女，則比較自由及寬鬆。好友余光中曾在早年的《純文學》月刊中，說我管教子女，好比老莊，意指我是無為而治。的確，我和內子都著重身教而不喜言教，認為父母以身作則，有了好榜樣，子女也不會太差。我們賦予子女相當自由，但也不讓他們放縱。正因為我們不善訓導，在初高中時代，確遭有了一些小麻煩；現在想來，當時溝通不夠、叮嚀太少，有以致之。但後來他們到了國外，都獲得了最高學位，都有一個好家庭，在社會上孜孜工作，作一個有用的人。我想，做父母的責任，也就了了。

中西文化背景不同，教導子女的方法各異。中國的父母，常急切地去捏塑子女的前途，不顧他們的興趣、能力和願望。西方的家長，多放任子女自己去體驗，僅在旁協助發揮所長。前者用主導和直接的方法，有時很具效用，有時會走火入魔；後者用旁敲和迂迴的策略，有時成效卓越，有時則頑冥不靈。中西管教之道，各有優劣、互顯長短。如何能截長補短，有效運用，則要看家長們的慧心和巧腕了！我認為最最重要的是：父母一定先要有耐心和時間去care子女，這樣，就不難找出一個適當有效的方法。否則，一切都會淪於空談。

二〇一一年二月十二日

釀文學58　PG0662

船過無痕
──一本新世紀的現代散文

作　　者　夏　菁
責任編輯　孫偉迪
圖文排版　譚嘉璽、鄭佳雯
封面設計　蔡瑋中

出版策劃　釀出版
製作發行　秀威資訊科技股份有限公司
114 台北市內湖區瑞光路76巷65號1樓
電話：+886-2-2796-3638　傳真：+886-2-2796-1377
服務信箱：service@showwe.com.tw
http://www.showwe.com.tw
郵政劃撥　19563868　戶名：秀威資訊科技股份有限公司
展售門市　國家書店【松江門市】
104 台北市中山區松江路209號1樓
電話：+886-2-2518-0207　傳真：+886-2-2518-0778
網路訂購　秀威網路書店：http://www.bodbooks.com.tw
國家網路書店：http://www.govbooks.com.tw
法律顧問　毛國樑　律師
總經銷　聯合發行股份有限公司
231新北市新店區寶橋路235巷6弄6號4F
電話：+886-2-2917-8022　傳真：+886-2-2915-6275

出版日期　2012年2月　BOD一版
定　　價　310元

國家圖書館出版品預行編目

船過無痕：一本新世紀的現代散文 / 夏菁著. -- 一版. --
臺北市：釀出版, 2012.02
面； 公分. --（釀文學58 ; PG0662）
ISBN 978-986-6095-64-1（平裝）

855 100023036

讀者回函卡

感謝您購買本書，為提升服務品質，請填妥以下資料，將讀者回函卡直接寄回或傳真本公司，收到您的寶貴意見後，我們會收藏記錄及檢討，謝謝！

如您需要了解本公司最新出版書目、購書優惠或企劃活動，歡迎您上網查詢或下載相關資料：http:// www.showwe.com.tw

您購買的書名：________________________________

出生日期：________年________月________日

學歷：□高中（含）以下　□大專　□研究所（含）以上

職業：□製造業　□金融業　□資訊業　□軍警　□傳播業　□自由業

□服務業　□公務員　□教職　□學生　□家管　□其它______

購書地點：□網路書店　□實體書店　□書展　□郵購　□贈閱　□其他

您從何得知本書的消息？

□網路書店　□實體書店　□網路搜尋　□電子報　□書訊　□雜誌

□傳播媒體　□親友推薦　□網站推薦　□部落格　□其他__________

您對本書的評價：（請填代號　1.非常滿意　2.滿意　3.尚可　4.再改進）

封面設計____　版面編排____　內容____　文／譯筆____　價格____

讀完書後您覺得：

□很有收穫　□有收穫　□收穫不多　□沒收穫

對我們的建議：________________________________

____

____

____

請貼
郵票

11466
台北市內湖區瑞光路 76 巷 65 號 1 樓

秀威資訊科技股份有限公司 收

BOD 數位出版事業部

(請沿線對折寄回，謝謝！)

姓　　名：＿＿＿＿＿＿＿＿ 年齡：＿＿＿＿ 性別：□女　□男

郵遞區號：□□□□□

地　　址：＿＿＿＿＿＿＿＿＿＿＿＿＿＿＿＿

聯絡電話：(日) ＿＿＿＿＿＿＿＿ (夜) ＿＿＿＿＿＿＿＿

E-mail：＿＿＿＿＿＿＿＿＿＿＿＿＿＿＿＿